Десять лун

十个月亮

Десять лун Десять лун Десять лун

Vitaliy Terletsky

[俄] 维塔利·捷尔列茨基 著
[日] 名司生 绘

崔舒琪 译

北京联合出版公司
Beijing United Publishing Co.,Ltd.

图书在版编目（CIP）数据

十个月亮 /（俄罗斯）维塔利·捷尔列茨基著；
(日) 名司生绘；崔舒琪译. -- 北京：北京联合出版公司, 2023.8

ISBN 978-7-5596-6981-0

Ⅰ.①十… Ⅱ.①维…②名…③崔… Ⅲ.①儿童故事—图画故事—俄罗斯—现代 Ⅳ.①I512.85

中国国家版本馆CIP数据核字（2023）第109064号

北京市版权局著作权合同登记　图字：01-2023-1784号

The original title in Russian: Десять лун
© Vitaly Terletsky, text, 2018
Illustrated by Natsuki
Illustrations copyright © Polyandria Print LLC, 2018
Published by arrangement with Genya aGency

十个月亮

作　　者：（俄）维塔利·捷尔列茨基	绘　者：（日）名司生
译　　者：崔舒琪	出版监制：辛海峰　陈江
出 品 人：赵红仕	版权支持：张婧
责任编辑：龚将	特约编辑：王周林
产品经理：魏僬　盖野	责任印制：赵明　赵聪
封面设计：U·有态度 设计工作室 联系方式 qq401084	内文制作：任尚洁

北京联合出版公司出版
（北京市西城区德外大街83号楼9层　100088）
北京联合天畅文化传播公司发行
天津丰富彩艺印刷有限公司印刷　新华书店经销
字数 38千字　710毫米×1000毫米　1/16　5.5印张
2023年8月第1版　2023年8月第1次印刷
ISBN 978-7-5596-6981-0
定价：56.00元

版权所有，侵权必究
未经书面许可，不得以任何方式转载、复制、翻印本书部分或全部内容。
如发现图书质量问题，可联系调换。质量投诉电话：010-88843286/64258472-800

Contents
..... 目录 .....

Chapter 1
..... 1 .....

Chapter 2
..... 9 .....

Chapter 3
..... 15 .....

Chapter 4
..... 23 .....

Chapter 5
..... 31 .....

Chapter 第 6 章
····· 39 ·····

Chapter 第 7 章
····· 45 ·····

Chapter 第 8 章
····· 53 ·····

Chapter 第 9 章
····· 59 ·····

Chapter 第 10 章
····· 67 ·····

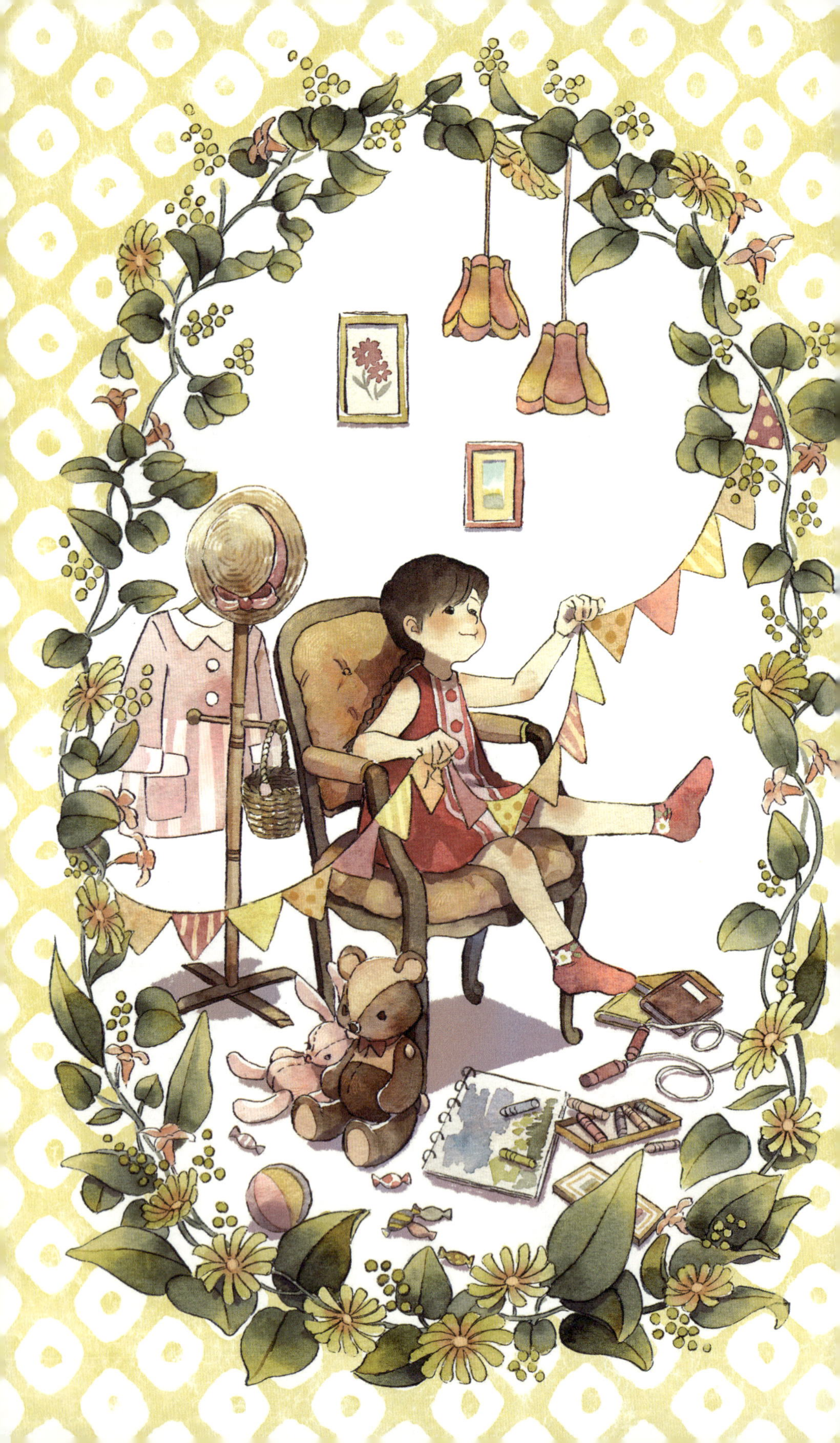

Chapter 1

第 1 章

这个故事发生在什么时候呢？我现在已经记不清楚了。也许是一年前，也许是二十年前，也有可能上周二才刚发生。

不过我很确定，在这个世界上，有一个小姑娘，她的名字叫什么呢？安娜？玛丽亚？或者安娜－玛丽亚……算了，名字不重要，我们不如就叫她"小姑娘"吧。

我们的小姑娘，是所有女孩子里最普通的一个。夏天，她爱穿短短的连衣裙；冬天，她会套上羊毛连裤袜。像所有那个年纪的女孩一样，她的脸蛋也是圆圆的。

不过她也有特点：她的身体非常健康，脸颊红扑扑的，很少生病，还很爱笑。

她大概七八岁，正是念书的年纪，要天天去上学。说到学习，在同学之中，她确实算不上拔尖儿的，有时表现得不错，有时呢……一般般。但是她很努力，这才是更重要的事。

小姑娘跟妈妈和外婆生活在一起。当然了，她也有爸爸——毕竟每个人都有爸爸，虽然有些家庭的爸爸在遥远的地方，无法陪在孩子身边。爸爸不在，小姑娘就和妈妈、外婆住在一起。

在所有让人喜欢的事情中，小姑娘最喜欢听妈妈给她读书。书中有遥远的世界、神秘的丛林、奇幻的海底世界，还有无边无际的宇宙空间。她听啊听，微笑着闭上眼睛，在想象中踏上那些神奇的国度。她听啊听，听啊听……慢慢地睡着了，那神奇的一切又会出现在她的梦境里。

而在所有让人讨厌的事情中，小姑娘最讨厌过马路。哪怕是在有交通规则约束的地方，有清晰的斑马线，还亮着绿灯，她也不喜欢过马路。这并不奇怪，我们每个人都有特别不喜欢做的事情，比如学习，比如睡前刷牙。

对于讨厌过马路，小姑娘有非常充分的理由：她担心脚下的马路会突然变成湍急的河流，害怕自己被卷进汹涌而无情的漩涡里——她可根本不会游泳啊！没准儿，河里还会出现河怪，像是一条凶恶的大狗鱼，或是黝黑的大鲇鱼，这么大个儿的怪物，只一口就能把她吞下去了。

太可怕了！小姑娘连想都不愿意想，只好用尽一切方法逃避过马路。至少，不要一个人过马路。如果是外婆或妈妈牵着她的手，和她一起过马路，那就完全是另一回事啦。小姑娘坚信，只要有外婆或者妈妈在，马路就不敢变成大河。

日复一日，春去夏来。时间就像融化的树脂，慢慢悠悠地流淌着；有时又像邻居家男孩用弹弓射出的小石子儿，"嘣"的一下就

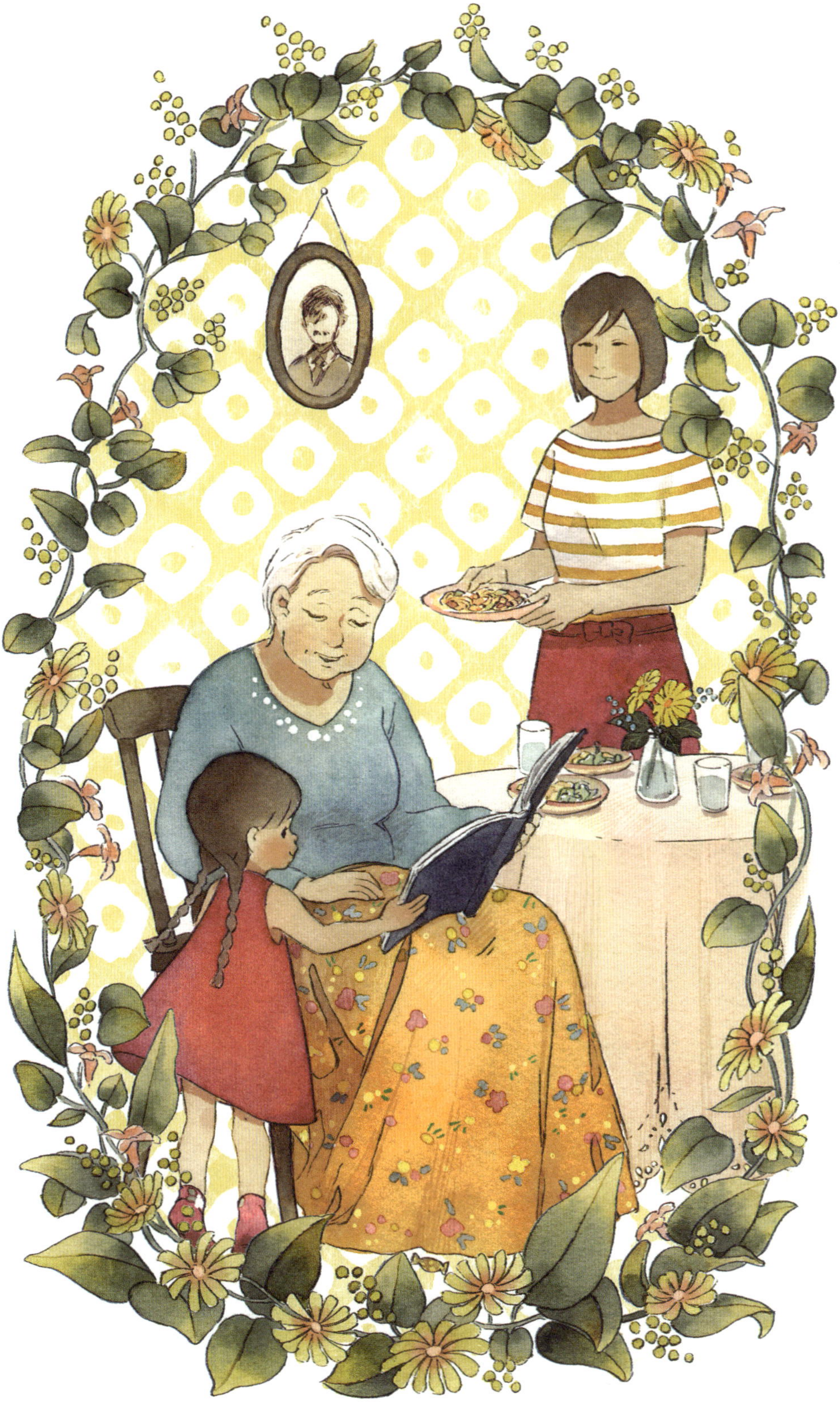

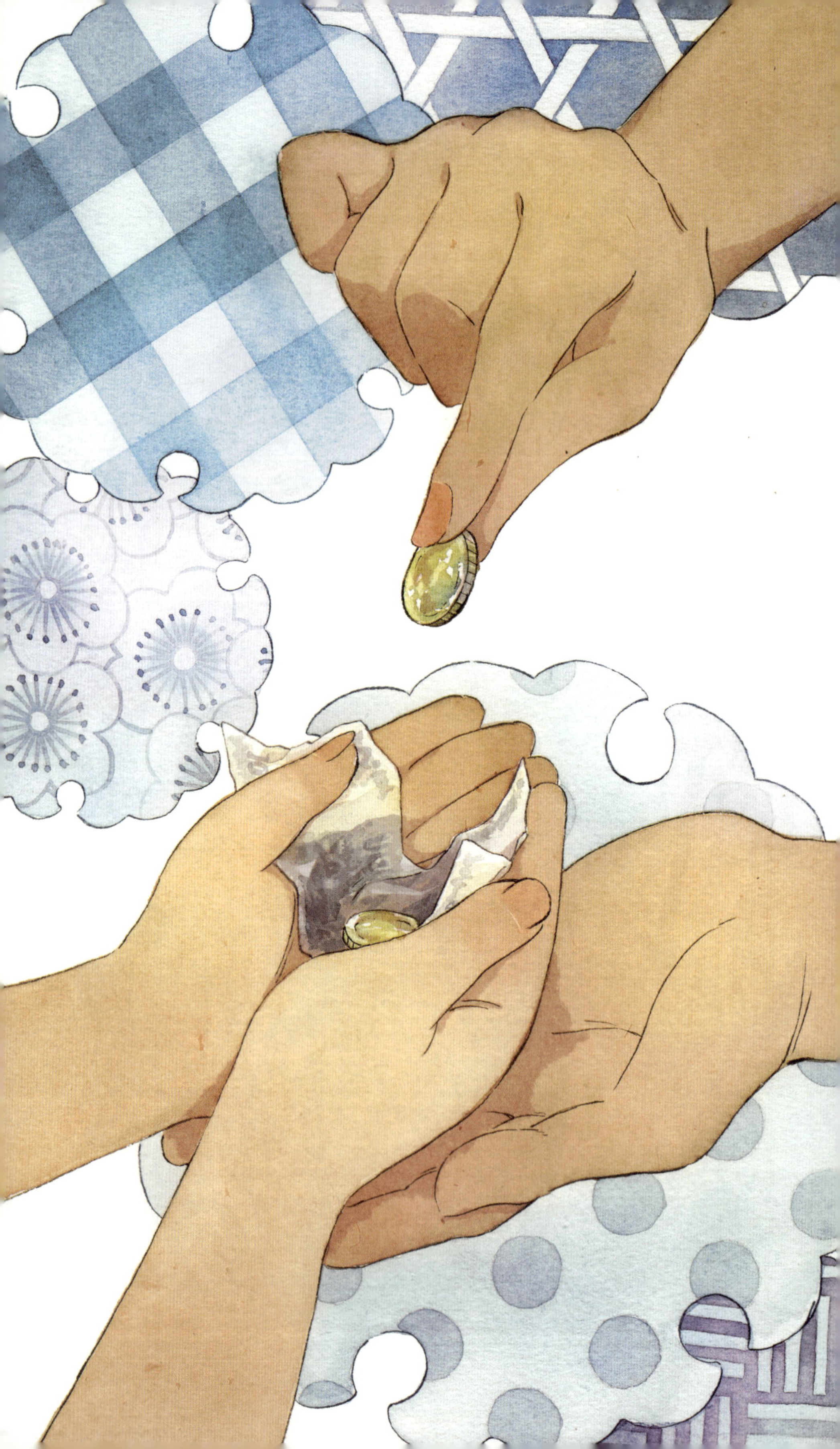

飞走了。

小姑娘上了一阵子的学,然后又不上了,因为美好的假期来啦;妈妈煮了一会儿的汤,然后又不煮了,因为她的洋葱用完啦。

"小姑娘,小姑娘,"妈妈说,"你已经长大啦,帮妈妈一个忙:给你钱,喏,两枚硬币,一张纸币,你到卖菜的阿姨那里去一趟,买三个洋葱。"

"我?"小姑娘说,"我一个人去吗?"

"对呀!"妈妈扬起了眉毛,"你是个大孩子,都八岁了。我要看着锅里的汤,出不了门。要是这汤煮沸了,没人看着,就全洒在炉子上了。"

"好……吧……"小姑娘勉强答应了。她抬起一只脚,却不想往前走,就像有什么把另一只脚粘在了地上。

她的小脑袋垂向一边,眼睛盯在妈妈身上:"要去找哪个卖菜的阿姨呀?是离家近一点儿的,还是……还是马路对面的那个?"

"当然是马路对面那个,"妈妈说道,"要过马路哦。"

小姑娘站在交通灯前,等绿灯亮起来。她就像一片秋天的树叶,在风中孤零零地颤抖着。过马路,怎么偏偏要过马路呢!她要怎么一个人走过这条马路呀?

小姑娘站着,等着,绿灯亮了,人们穿过马路向对面走去。

红灯亮了起来,绿灯又亮了……

小姑娘仍然眯着眼睛站在那里,右手捏着两枚硬币,左手拿着一张纸币,下不了决心。

"小姑娘,小姑娘……"

突然,她听到一个声音。

"小姑娘,小姑娘,你怎么像秋天的叶子一样,在风里发抖?"

小姑娘睁开眼睛,谁也没瞧见。

"我在这儿呢,"那个声音又响了起来,"你往下看。"

小姑娘低头一看,发现是一只猫在跟她说话。

"我是会说话的魔法猫。我心地善良,不是什么坏家伙。而且,你的事我都知道。"

"你知道什么?"小姑娘惊奇道。

"我嘛,"猫咪把脸凑过来,眨了一下眼睛,"我知道你害怕过马路。"

"天哪!"小姑娘更惊讶了,"你怎么知道的呢?"

猫咪说:"我可是……一只会魔法的猫啊。"

他们沉默了一分钟。

猫咪轻轻一跃,跳进斑马线的黑白线条之间:"要不然,我用魔法送你过马路吧,你愿意吗?"

小姑娘立刻大喊起来:"当然了!我当然愿意!"

不用自己过马路,这真是个天大的好消息。

"只是……"猫咪说,"有一个小问题。"

"什么问题?"小姑娘问,"什么问题都没关系!我都不介意!"

猫咪转过身,尾巴轻轻扫着地上的黑白条纹,若有所思道:"魔法是有点儿随机的事情——

"也许,我们会去到马路对面。也许,我们没有穿过马路,而是被偶然地传送到另一个世界。究竟去往何处,就要看运气了。"

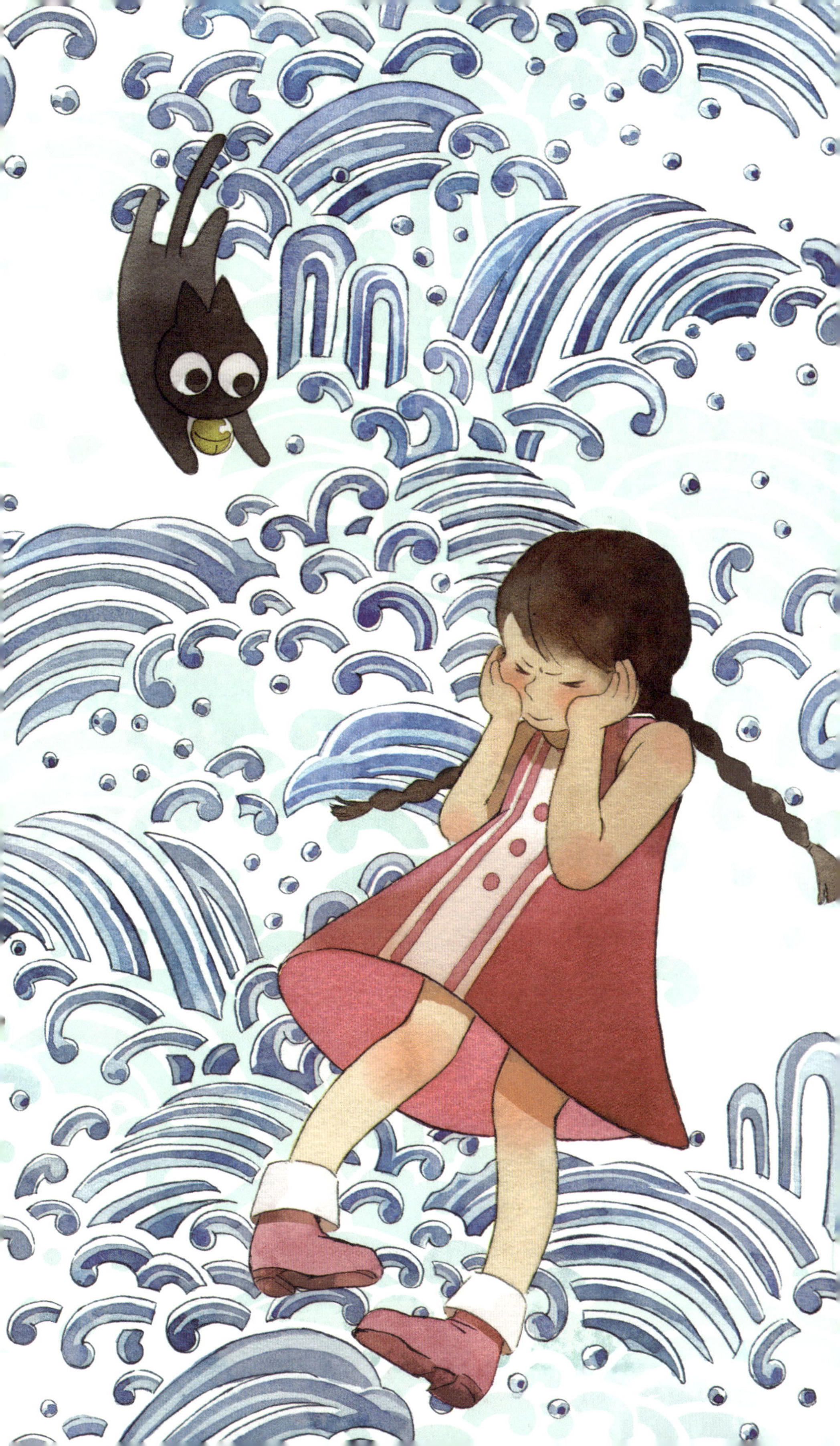

"这不要紧！"小姑娘的脸涨红了，激动地叫道，"就算去到另一个世界，也比我自己过马路强得多呀！"

"嗯，"猫咪说，"这就太好了。"它笑了起来，所有会笑的猫咪都是这样笑的。它对小姑娘说："抓住我的尾巴。"

小姑娘抓住了猫咪的尾巴。

然后她眯起了眼睛。

Chapter 2
第 二 章

小姑娘本来以为，过马路的魔法旅程会让人感到天旋地转，或者在穿越时空的时候，身边要么像严冬一样寒冷，要么像酷暑一样炎热。

她记得，在她看过的书和电影里，每当主人公利用魔法来瞬间移动的时候，都会发生一些奇怪的事情。

可是，这样的事情一件都没发生。她一直站在原来的地方，手里拽着猫咪的尾巴。

"到底什么时候才能到马路的另一边啊？妈妈还在等着我买洋葱回家呢。"

正想着，她突然听到猫咪的声音："放开我的尾巴。我们到了。"

小姑娘睁开眼，然后看到了……哦，应该说是"没看到"——她没有看到坐在小摊边卖洋葱的阿姨，也没有瞧见蔬菜摊的踪影，就连

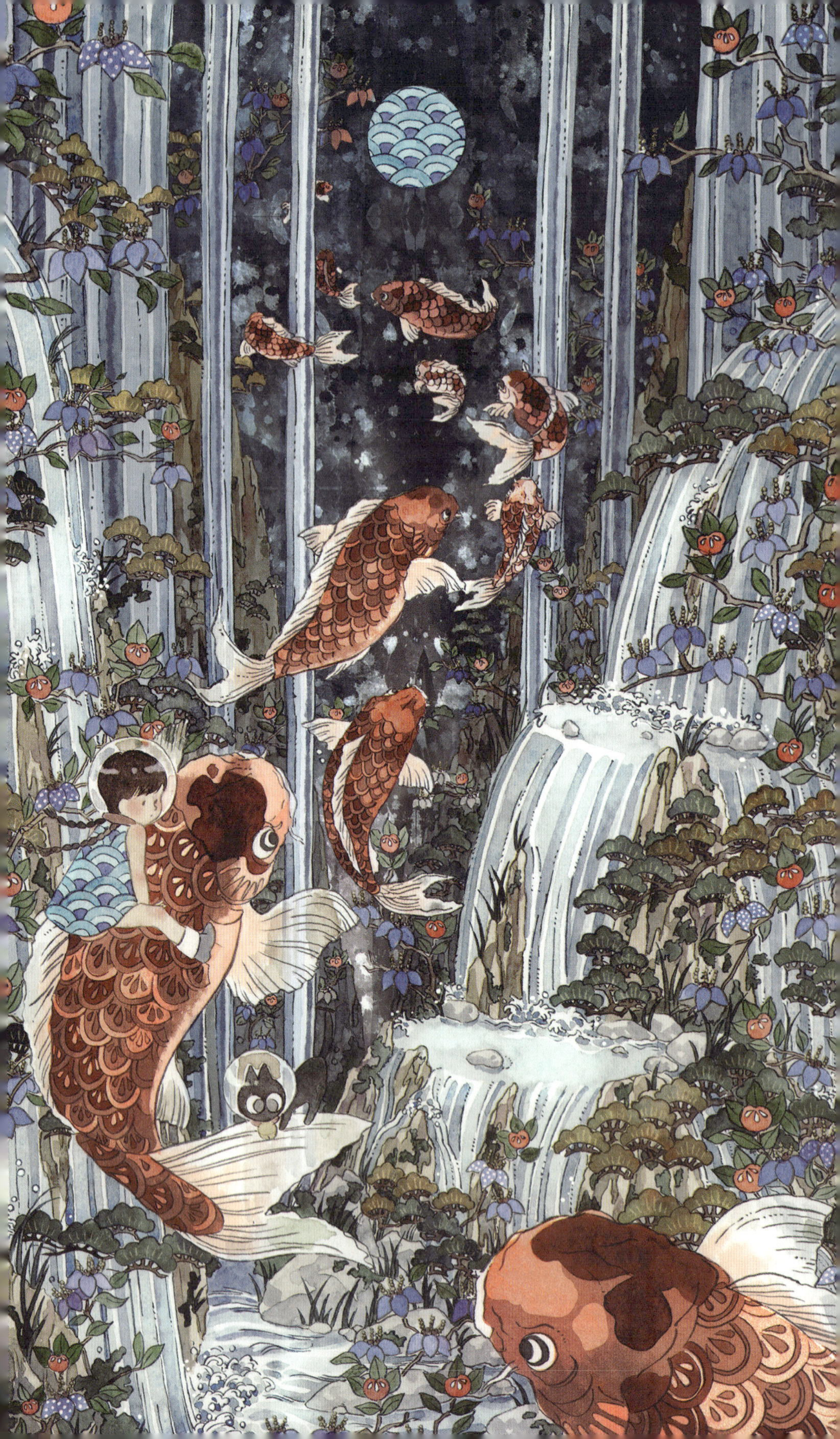

马路对面的家和其他的房子也都不见了。

世界变得格外神奇。眼前是一群在空气中慢慢游动的鱼儿，还有一只不慌不忙的水母，正缠在紫色的椴树丛里。还有彩虹般的瀑布、热带的树木……天空中悬挂着一轮明亮的大月亮——它不是现实世界里那个白色的圆盘一样的月亮，而是一个发着淡蓝色的光、有着波浪纹路的月亮。这个挂着溪水的月亮，仿佛是先浸没在小溪里，然后整个儿升起来的。它流淌下粼粼的波光，和跳跃的闪耀的溪流相互辉映。喏，就是森林边上那条正在奔流的小溪。

小姑娘发现，自己没能穿过马路，而是来到了另一个地方。

"呃呃，"小姑娘说，"这个……"

"喵喵，"猫咪也说，"喵喵……"

"我们到了哪儿？"小姑娘小心翼翼地问，"这不是马路的另一边吧？"

其实她明白，这就是猫咪所说的"随机的魔法"，他们来到了一个新的世界。但她还心存一丝侥幸：万一只是自己一时花了眼呢？

"哎呀呀，"猫咪回答道，"喵喵，怎么会这样呢？我们好像进入了另一个世界。"

"这个世界有名字吗？"小姑娘问。她忽然觉得，有名字是一件非常重要的事。

"这里是波浪之月的世界。"

"波浪之月？"小姑娘大吃一惊。

"也许是吧，"猫咪说，"这是一个我也不太了解的世界。魔法居然把我们带到了这个地方，我心里的惊讶可不比你少。说实

话——"

一条巨大的彩虹鱼打断了猫咪的话,它闪耀着色彩斑斓的背鳍,仿佛在风中高举着一面旗帜,高傲又缓慢地向他们游来,不紧不慢地咂着大嘴。

越来越近,彩虹鱼的嘴唇推振空气产生的波动,像一阵温暖的波浪一样冲到小姑娘的胳膊上。越来越近,在彩虹鱼黑色的纯净的大眼睛里,小姑娘看到了自己和猫咪的倒影。

然后,彩虹鱼经过他们身边,转过了脑袋——一个满是鳞片的大鱼头,吐出了几个透明的泡泡。

泡泡在风中摇晃,一个接一个地破碎了。小姑娘仿佛听见,从破碎的泡泡里,飘来了一些断断续续的话语。

仿佛有人在说:"小姑娘,你想要什么?"

仿佛有人在说:"你在梦想什么呢,小姑娘?"

仿佛又没有人在说话,只是树叶在风中沙沙作响——沙沙沙,沙沙沙。

"我是在做梦吧。"小姑娘喃喃自语,"是的,没错,我在做梦。肯定是这样。

"昨晚,妈妈给我讲了南美洲的瀑布,又讲了大西洋的热带鱼,所以在我的梦里,它们都搅和在一起了。"

"那我呢?"猫咪问,"故事里有我吗?会魔法的猫,一个神奇的向导?"

"没有……"小姑娘承认,"看来,这也许不是梦。"

"这根本不是梦。"猫咪说,"这也不是幻想。这就是真实。"

"那么,"小姑娘说,"真实的我,还是要穿过马路,到马路另一边去买洋葱?"

"是的"。

"那好吧!"小姑娘说,"妈妈在家熬汤,没有洋葱,汤会熬干的……猫咪啊,我们再来一次吧。这次你能把我送到马路对面吗?"

"魔法旅行是一件很奇妙的事,它是不可预测的。"猫咪说道,"就好像在抛硬币。硬币落地时,有可能正面朝上,也有可能反面朝上。我们的旅行也一样,有可能会抵达正确的地方,也有可能会抵达别的地方。"

小姑娘思考了一会儿。

"如果硬币永远没有落地呢?"她突发奇想,"或者硬币落在地上,既不是正面,也不是背面呢?"

"这怎么可能?"猫咪大吃一惊。

"如果硬币竖直地落在地上,就既不是正面,也不是背面了。"小姑娘回答,"或者硬币被抛进了无穷的宇宙中,它就一直往上,再也不会落下来了。"

"别胡思乱想了,"猫咪说,"魔法世界也是有秩序的,不能乱来。来,抓住我的尾巴,我们到马路对面去。"

小姑娘小心翼翼地抓紧了猫咪的尾巴。

就在此时,波浪之月的世界里翻涌起滔天巨浪。

Chapter 3 第章

第二次旅程，小姑娘没有任何迟疑，立刻睁开了眼睛。

其实，猫咪的魔法旅行是在一瞬间完成的。在猫咪施法的那一瞬间，她恰好闭上了眼睛，但马上又睁开了。

小姑娘睁眼的那一刻，脑海里浮现出这样的画面：她欢天喜地、连蹦带跳地跑到蔬菜摊旁，把钱递给卖菜的阿姨，说："请给我三个洋葱，快一点儿哦，我妈妈在家里都等急了，也许锅里的汤已经煮沸了。这是给您的钱，喏，两枚硬币，一张纸币，请您赶快给我洋葱吧！"

就在这一瞬间，她居然想出这么多东西，脑袋里的画面居然那么生动！

只可惜，她的所有想象都是白费劲——她环视四周，又眺望远方，还是看不到蔬菜摊的踪影。

没看见蔬菜摊，她倒是看见了许多金子——这里遍地都是金子。

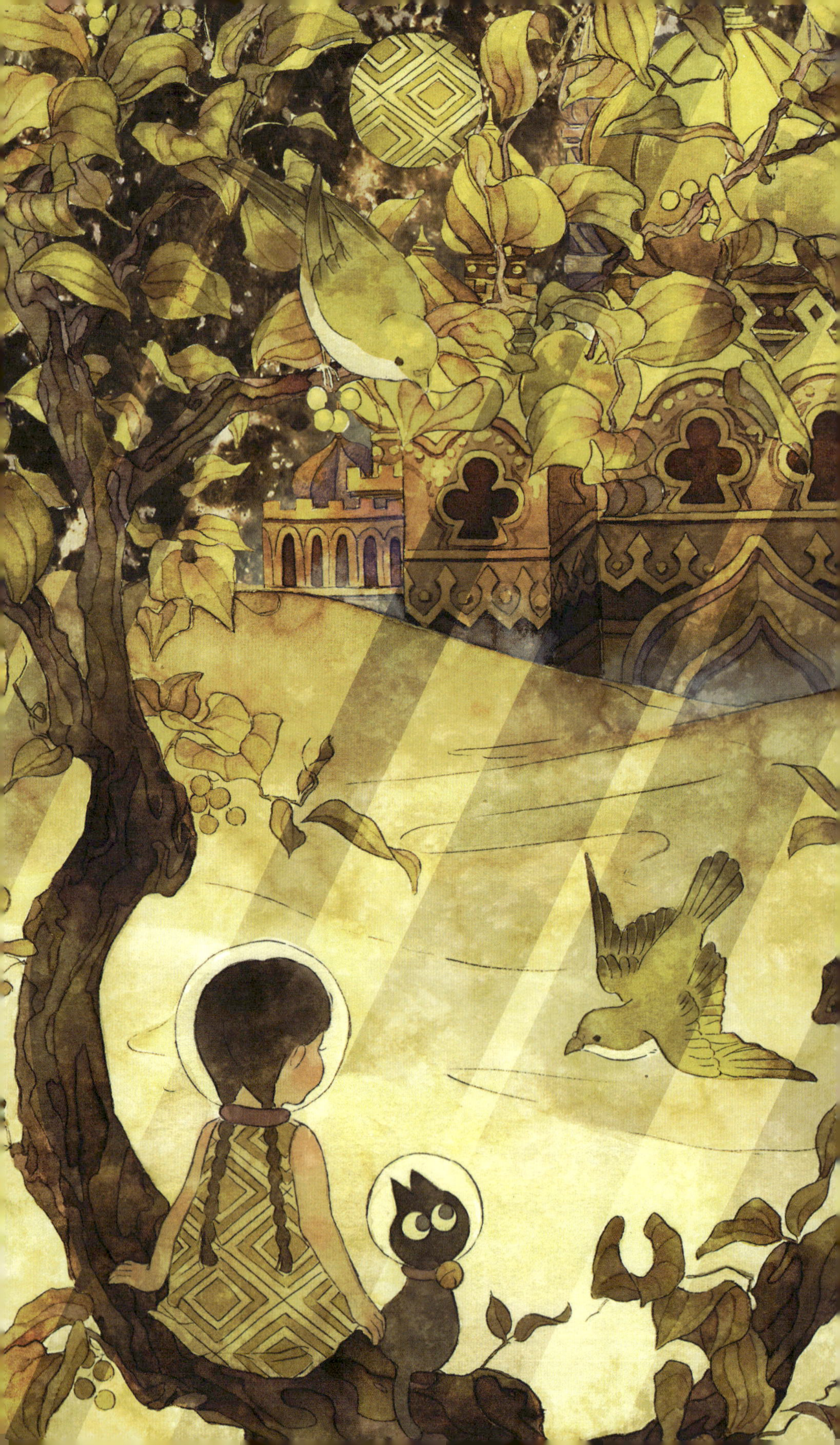

在金苹果树的金树枝上，小金鸟卖弄着它金色的歌喉。金兔子胆怯地从金灌木丛里向外瞧，金灿灿的阳光洒在丰收的金田野上，金云朵慢悠悠地飘向金黄的天际。

一望无际的金色沙丘上，巍然耸立着一座纯金的宫殿——它在闪闪发光！

"这里是黄金之月的世界。"猫咪率先打破了沉默。

"但我没看到什么月亮呀。"小姑娘抬头张望。

"我也没看见。"猫咪表示同意，"不过，有些东西即便你没有看到，也不代表它们就不存在。现在还是白天，等太阳落山以后，月亮会升起来的。对了，我们还没吃午饭呢！不如我们一起去沙丘上的那座宫殿做客吧。你会觉得害羞吗？"

"随随便便地进去，不太好吧……"小姑娘有些紧张。

"干吗不去？"猫咪骄傲地扬起脑袋，"我认识这里的统治者。"

他们沿着沙丘朝宫殿进发。小姑娘抬起手臂，艰难地抵挡着灼热的金色阳光和突然刮来的金色风暴。猫咪的爪子也时不时地陷进金色的沙子里。

"这位统治者以前是个淘金者，也可以说是个采矿员，"猫咪一边用力迈着步子，一边介绍，"他一辈子都在寻找金子。后来，功夫不负有心人，他一下子就找到了一座大金矿。他很聪明，拿这些金子去做投资，金子又生出了更多的金子。现在，他坐拥一整个世界的金子。"

"这么说，"小姑娘好奇了，"周围的一切从前不是金色的，只是国王发财之后，给它们镀上了一层金？"

"什么叫'只是镀上了一层金'？"猫咪反诘道，"只要你相信

一个东西是真的,它就会成真。不过嘛,"它停了一会儿,又悠悠然开了口,"你看那棵苹果树,还有树上的鸟儿,它们从一开始就是金色的。太阳和月亮也是。"

他们来到了巨大的金色宫门前。小姑娘已经把过马路的事情远远地抛在了脑后,这也不奇怪,她可是来到了黄金国呀,这多稀奇!

唯一让她觉得有些可惜的是,她的裙子上没有口袋,没法儿装上一把金沙带给妈妈。她真的很想给妈妈看看,这里的黄金沙子有多么美丽、多么闪亮。

门开了,小姑娘和猫咪立刻走进王座大厅。大厅很长,也很宽敞,金柱子高高地耸立着,直直地向镀金的天花板指去,地上铺着用黑金和白金制成的地砖。大厅尽头的王座上,坐着一个身穿金色长袍、头戴小王冠、留着大胡子的胖男人。他听到门"吱呀"的响声后,朝小姑娘和猫咪转过身来,高呼道:

"你们好啊，金子般的贵客。"

"您好……"小姑娘犹犹豫豫的，又补了一句，"参见国王陛下。"

"叫我王子殿下。"胖男人纠正她说。

"王子殿下？"小姑娘讶然。

"没错，就是王子殿下。"胖男人重复了一遍，"请允许我自我介绍一下，我是黄金王子。"

"王……王……王子？"小姑娘不可置信地摊开双手，"可是王子们都是年轻帅气的呀。"

"哈哈哈哈！"黄金王子大笑道，"那都是童话故事里的王子，现实世界里的所有王子都像我一样。"

"但您为什么自封王子呢？"小姑娘继续问，"您看起来更像一个国王……"

"金子般的小姑娘啊，"王子毫不客气地冷笑了一下，"我有那么多金子，想做什么就能做什么，只要我愿意，要当公主也没问题。不过我不想做公主，只想做王子。"

"啊哈……我明白了……"小姑娘似懂非懂。

世间所有的话似乎都被说尽了，大家尴尬地面面相觑，冷场了仿佛有一个世纪那么长。

最终，猫咪打破了沉默："王子殿下，您的臣民去哪里了？我记得从前您有朝臣，有随从，有农民，还有骑士，他们都有着和气的好性子，陪伴您共同生活了很多年。我记得很清楚，上次我来这里时还见过他们呢。"

"噗！"王子嘲讽地呼出一口气，"那时候是黄金时代，当时我的牙齿是金子做的，所以一张口便是金口玉言。"

"那现在呢？"小姑娘问。

"现在我的心是金子做的，所以我除掉了我的臣民。"

"真残忍啊！"猫咪哼了一声，"拥有'金子般的心灵'的人不都是慈悲为怀的大善人吗？一个人的心若是用金子做成的，怎么可能除掉身边的人呢？"

"容易得很，"王子回答道，"因为它真的是用金子做的，纯金。喏，给你看看。"

话音刚落，王子就摸了摸自己的胸膛。小姑娘惊讶地发现，他的胸口打开了一扇不起眼的小窗。

接下来，眼前的一幕令她不寒而栗：在王子的胸膛里跳动着的不是心脏，而是组装得极为精巧的金色机械。那就是金子做的心，冷冰冰的，没有怦怦的心跳，只有齿轮运转的声音：咔嗒、咔嗒、咔嗒……

"我嘛，"王子接着说，"当然很爱自己的臣民，但我更爱自己

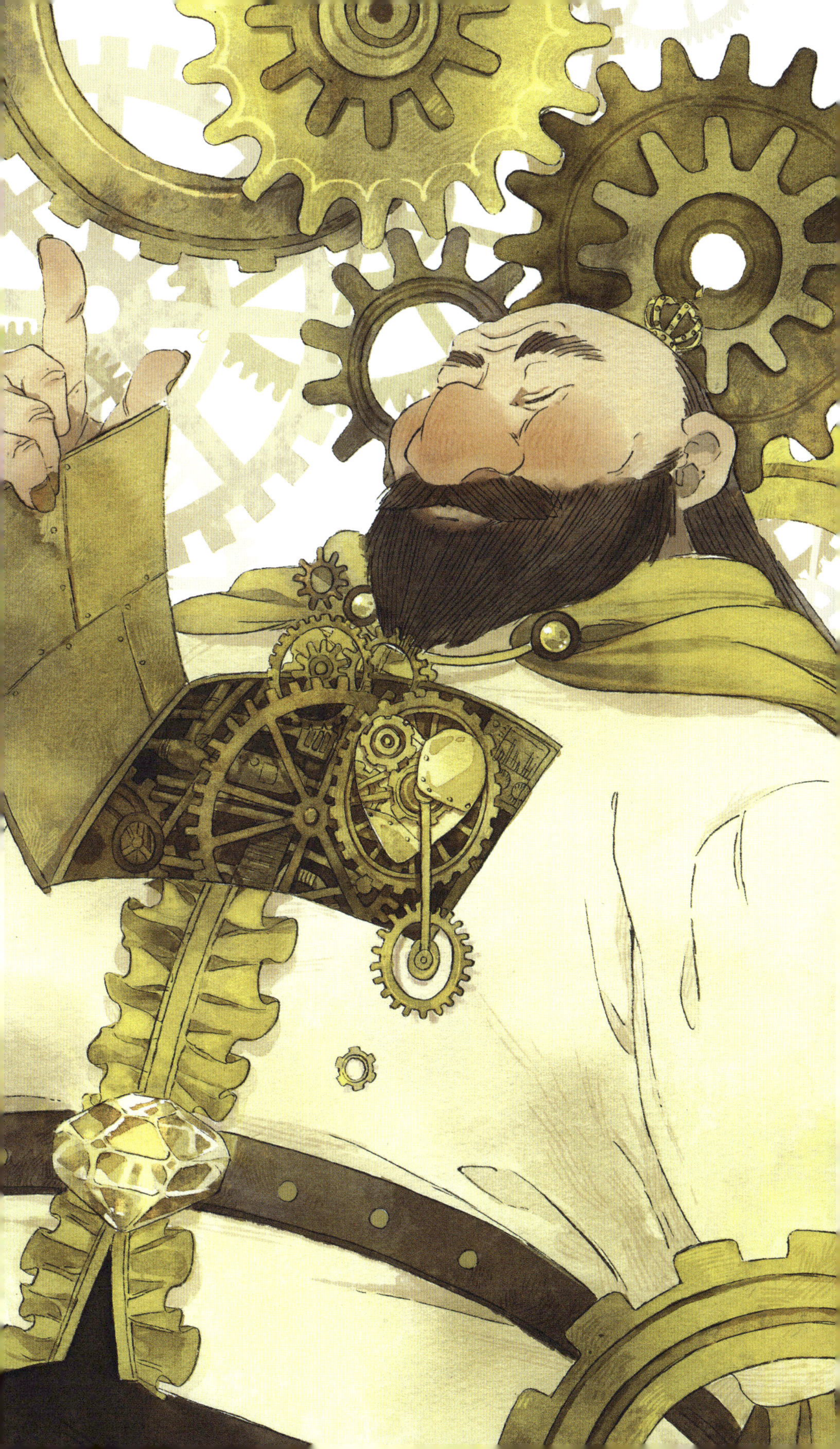

的金子。我不想拿出金子来跟臣民分享,谁让他们也那么迷恋金子呢?我之前说过了,我曾经非常爱他们,没有办法狠下心来把他们除掉。所以我就换上了这颗金子做的心。"

话说到这儿,王子不怀好意地微笑起来。

他出人意料地灵活,突然从王座上跳了下来,迈着小短腿朝小姑娘和猫咪走去:"对了,我金子般的贵客,你们来这里有何贵干?不会是想来偷我的金子吧?"

看到讨厌的大胡子胖男人蹒跚地向他们走来,越来越近,小姑娘怕极了。

"我不喜欢这里,"她悄声对猫咪说,"快带我离开吧。"

"到马路对面去买洋葱吗?"猫咪也压低了声音。

"去哪儿都行,只要能离这里远远的就好。"小姑娘急切地说,"快带我走,我什么都不在乎了。"

Chapter 4

第四章

"你快看，这里多好啊。"

小姑娘睁开了眼。

猫咪说得没错，这个世界妙不可言。

亲爱的朋友，你幻想过一座完全由甜点和糖果做成的城市吗？就像古老童话里女巫的那座糖果屋。

只不过，这座城市里不会有女巫，也没有咕嘟咕嘟冒着怪气的坩埚，更不会有肮脏的老鼠、蟑螂和在暗中窥探你的蝙蝠……一切令人不快的东西在这里都不存在。

在这座如梦如幻的城市里，流淌着巧克力河流，翻涌着果酱喷泉，所有房子的墙壁都是松脆的奶油饼干，房顶是晶莹剔透的果冻。水果糖路灯照耀着蔓越莓糖铺成的桥梁，在水果蛋糕砌成的河岸上，庄严地高耸着棉花糖盖成的宫殿。

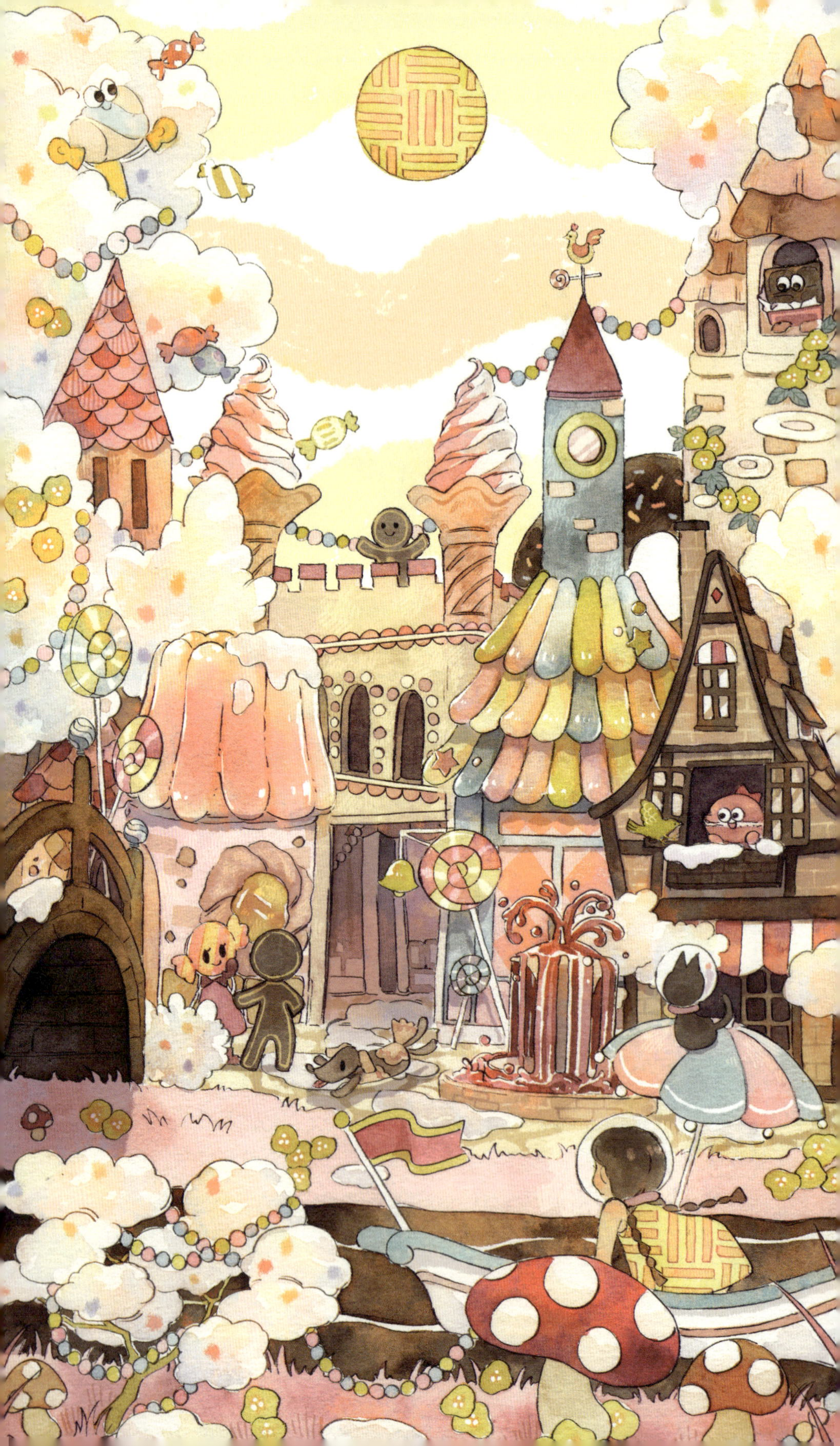

还有一轮糖果之月，散发着耀眼的光芒，为大地上的富丽堂皇更添一分光彩。

小姑娘睁开眼，看到的就是这样的一座城市。

她的眼睛里闪烁着兴奋，两只手不自觉地握成了拳头。

猫咪向小姑娘介绍："我曾经在这个世界加入了猫咪护卫队，和其他的猫共同守护杏仁软糖城，不让狡猾又贪吃的老鼠毁掉它。"

它稍稍停顿了一会儿，又补了一句："这里太好吃了，所以我记住了来这里的路……"

它似乎还想说点儿什么，但是还没来得及说出口，就连同口水一起咽下去了。

甜点大帝出现在宫殿的台阶顶端。

住在杏仁软糖城和附近的所有人都知道，是甜点大帝亲手创造了这座城市。没有人记得他是何时建城的，也许是两周以前，也许是好几千年前。

这里的居民倒不是不愿意记住建城的时间，说实话，如果你的脑子里只有糖和奶油，想记住些什么可真不是件容易的事。杏仁软糖城的居民全身都是糖果做的，很不幸，他们连自己的保质期都记不住。因此，他们天真地以为自己会永远地活下去。

我们还是别告诉他们真相，扫了他们的兴吧。谁知道呢？没准儿他们相信自己能永生，就真的能一直活着。

一看到小姑娘和猫咪，甜点大帝就皱起了眉头。他倒不是不高兴，只是他的身上充满了矛盾——心里想的和实际做的不是一回事，

嘴上说的和心里想的也不是一回事，实际做的和嘴上说的又不是一回事。你可千万别觉得他是坏人，正相反，他非常善良，只是有点儿复杂和神秘。

怀着矛盾的心情，甜点大帝皱着眉头，快乐地喊道："客人们，欢迎欢迎！我们开宴吧！"

说罢，他庄严地缄口，脸色严肃，带领他的糖果臣民跳了一支复杂又欢快的糖果舞。

小姑娘和猫咪在城里待了三天，一日三餐都是各种各样的甜食。他们不光吃了甜点大帝送来的珍馐，还啃食了房屋的墙壁，甚至会抓起街上的糖果臣民，大口大口地嚼。

被他们咬了的臣民没有哭泣，也不会逃窜，反而是不停地微笑。他们丝毫感觉不到疼痛，也根本不会为缺胳膊少腿而担心——伟大的甜点大帝随时可以为他们烤出新的大腿，捏出新的手指头。

小姑娘把所有东西都抛在了脑后：房子、妈妈、外婆、学校……原本生活的世界里的一切。她的脑子里只剩下那些还没来得及尝的糖果，她担心自己要是赶不上，就永远也吃不到了。

猫咪胖了，像充气的气球一样鼓了起来，体重几乎翻了一倍，都快走不动路了。

大吃大喝的第三天，小姑娘和猫咪连吃了两顿早饭，坐在软软的圈椅里，懒懒地等着午间小吃。

猫咪突然问小姑娘："喂……还要洋葱吗？"

"什么洋葱？"小姑娘有点儿惊讶，艰难地抬起头。

猫咪满意地点了点头。他们再也没有提起关于洋葱的事情。

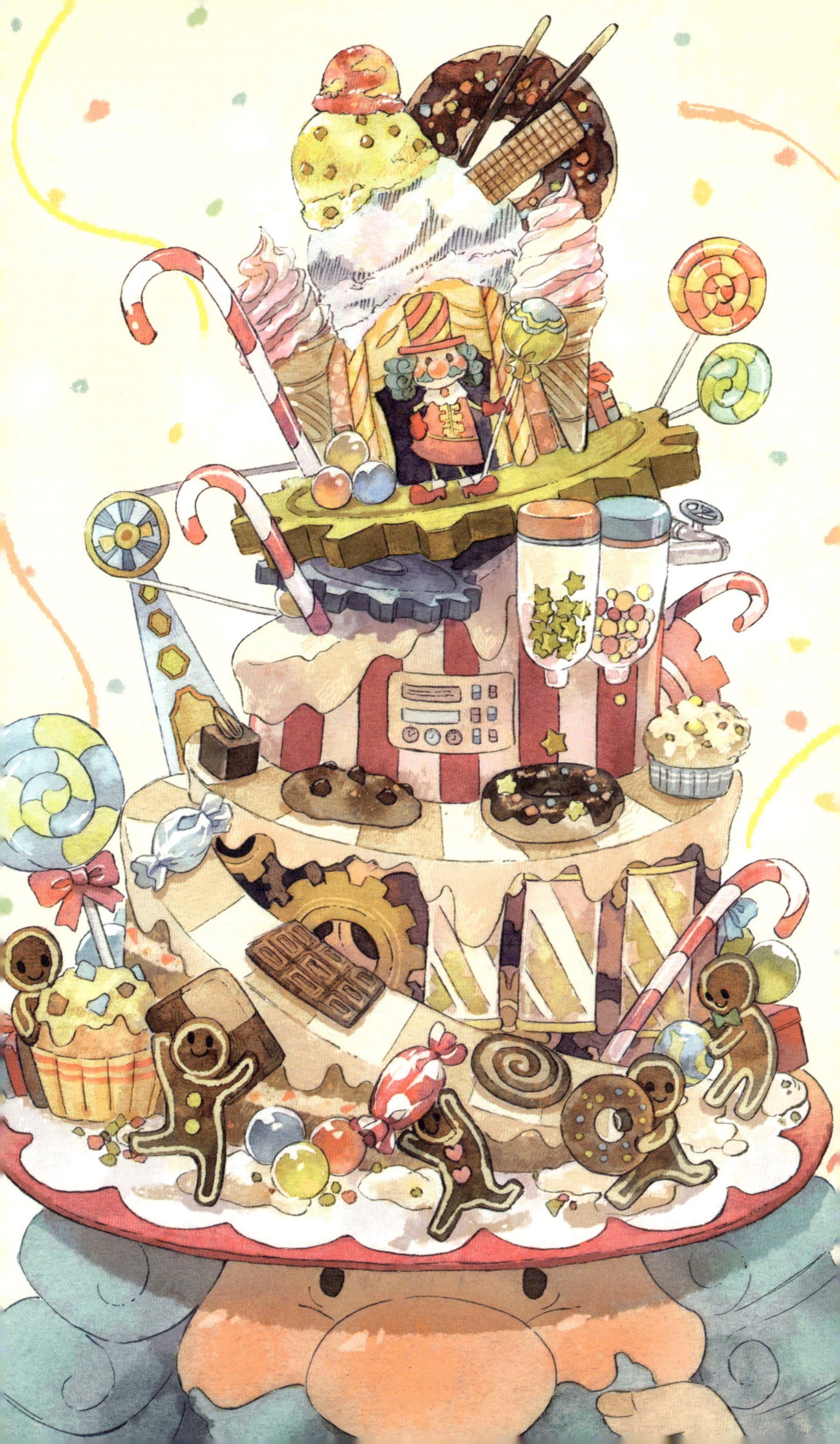

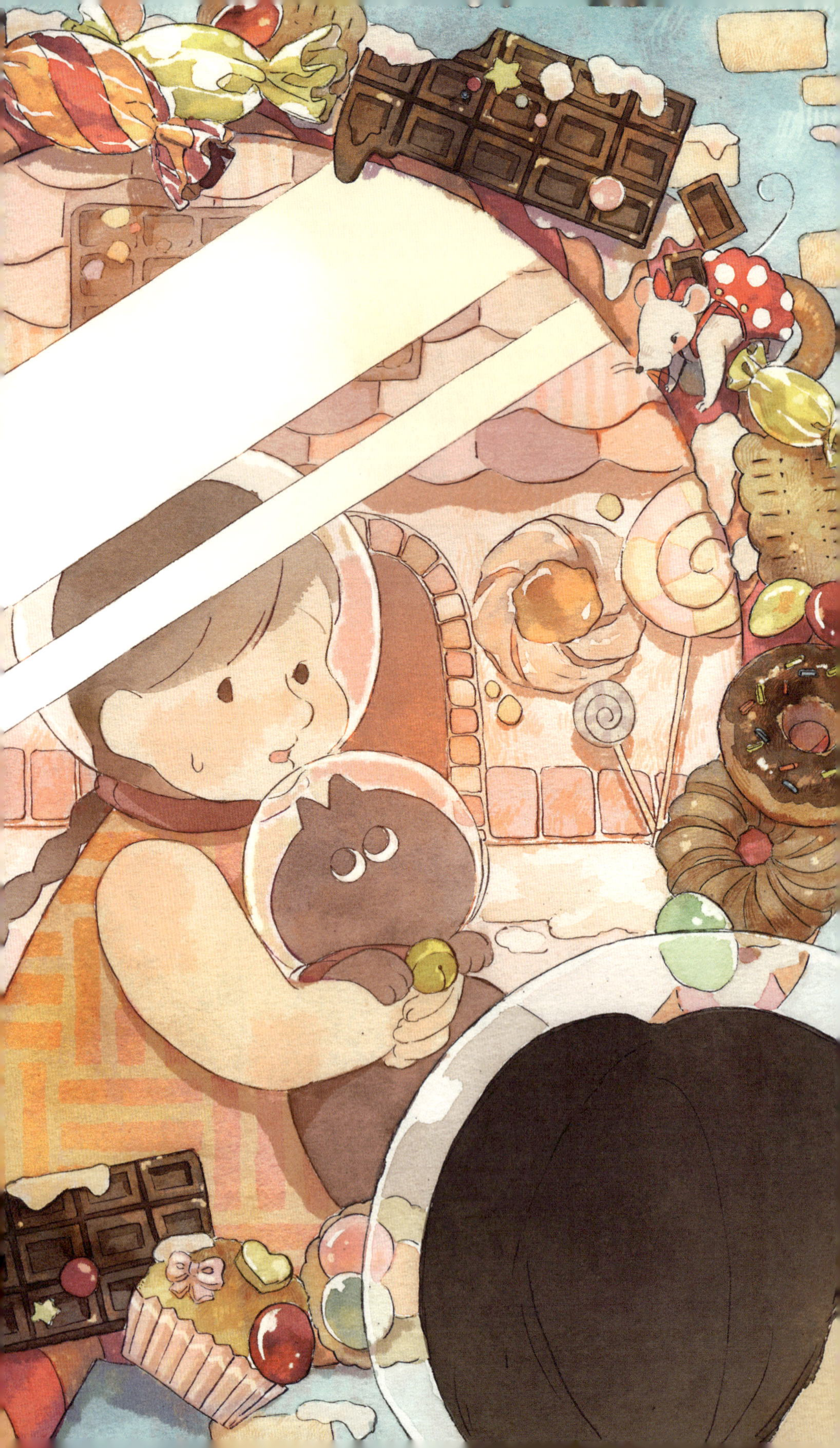

时间嘀嗒嘀嗒地走着,又好像风一样呼啸而过。

小姑娘和猫咪在杏仁软糖城里住下了。起初是三天,三天之后又住了三天,后来又过了不知多久……他们彻底不知今夕是何年了。

他们经历了很多惊奇又甜蜜的冒险。

有一次,猫咪差点儿淹死在热焦糖里,幸亏小姑娘眼疾手快地把它捞了上来。得救的猫咪懊恼地追逐着自己凝了糖浆、硬邦邦的尾巴,那场面非常滑稽。

还有一次,棉花糖巨龙袭击了杏仁软糖城。它盘旋在城市上空,吞噬着同样是棉花糖的云朵,时不时俯冲下来,喷出灼热的糖浆火焰。趁着它贴近地面的机会,大家齐心协力抓住了它,开开心心地把它吃了个精光……

这是一段蜜糖般的时光,小姑娘记不清细节了,只觉得很快乐,什么都很好吃,日子过得格外无忧无虑。人们常说,当你度过一个美好假期时,只会觉得时间过得飞快,你记不住具体的事,只能记得朦胧的感受:所有的事情都很美妙,很舒心。

直到有一天,小姑娘走过一面用透明水果糖做成的镜子,惊讶地停住了脚步……

她赶忙向猫咪求助:"你能不能把我带去另一个世界?只不过……只不过……"

"喵?喵呜喵?"猫咪问。

"呃……只不过你要带走的,是从前的那个我。"

现在的她已经变得胖乎乎、圆滚滚的了。

"这个嘛……"猫咪若有所思地拖着长音,"不过你看,我也长胖了些……"

"什么叫你'也'长胖了?"小姑娘气鼓鼓的。

"你误会啦,"猫咪连忙打圆场,"我是说我像其他的胖子一样,也长胖了些,不是说你胖。"

"这才对嘛。"小姑娘目光闪烁。

"你听我说,"猫咪蒙混过关,松了一口气,"情况有变。下一次魔法旅行,我们会去哪里呢?我一点儿头绪也没有。不过我能肯定,以后我们再也无法回到杏仁软糖城了。"

"你……想想……吧……"小姑娘懒洋洋、慢悠悠地说,用胖嘟嘟的手指头握紧了猫咪的尾巴,"离开这里就能快点儿瘦下来啦。"

她闭上了眼睛。

Chapter 5 第章

糖果之月的世界与下一个世界之间，好像几乎没有界限。

小姑娘的耳边似乎还响着杏仁软糖城那首"巴巴巴拉，巴巴拉，糖果之月……"的歌谣，一眨眼，眼前的风光就发生了巨变：他们来到了一片空旷静谧的沙漠。不同于现实世界，也不同于黄金之月的世界，这里的沙子是黑色的。

沙丘上空，升起一轮血红色的明月。

小姑娘小心翼翼地踩在沙子上，怯怯地向四处张望。借着月光，她隐隐看见远处有一座漆黑的城堡，城堡的城门大开，里面似乎燃烧着黑红色的火焰。

突然，她真切地听到有人在轻声歌唱，于是她放慢了步伐，生怕自己的脚步声盖过那神秘的旋律——

月如鲜血，门如黑雾，

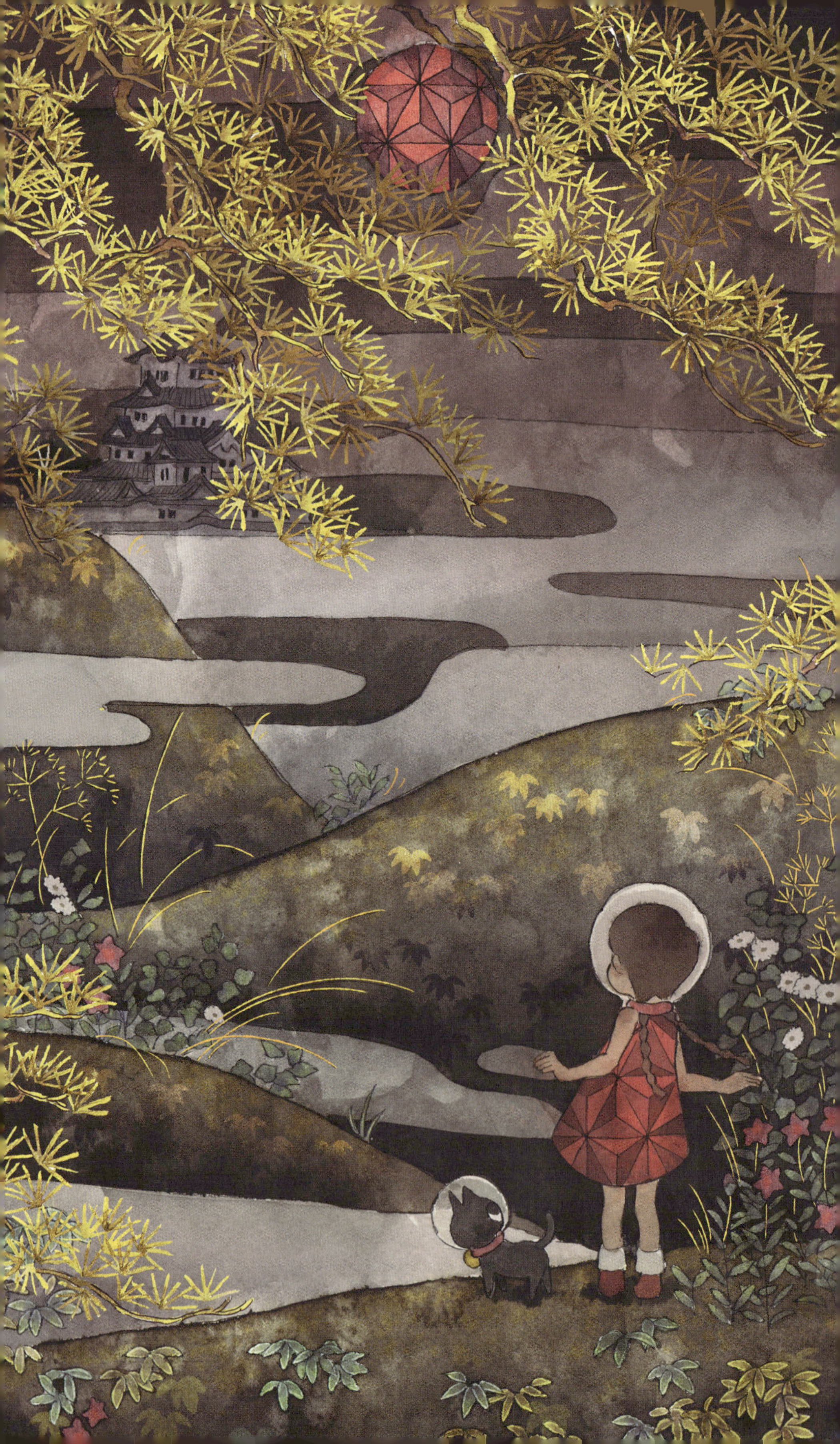

且住！且住！
你若执意闯迷途，
终将落入……

　　小姑娘不明白，这隐隐的歌声到底是从哪里传来的呢？它仿佛没有源头，又似乎无处不在。
　　黑沙之上散落着一些像月亮一样血红的石头，难道是它们在唱歌？

新世界里多奇迹，
那里的你，或悲或喜。
妈妈等不来洋葱，
无米之炊，汤做不成。

很快你将离开此地，
下一分钟，或是此时。
不过请听我一言，
一事令我心难安：

那里，
有山丘，有堤岸，
还有蓝色火箭；
那里，
有碧水，有云烟，

就在城门后面……

且慢！
去往那边——
你将消失，永不复现！
猫有魔法也徒然！

小姑娘和猫咪在沙漠中走了太久太久，脚步越来越沉重。终于，他们来到了那座漆黑的城堡面前。它死气沉沉，除了洞开的城门，只有一扇窗户，像一个空洞的眼眶，在塔楼上敞开着，似乎在注视着小姑娘，又似乎什么都看不见。

小姑娘不由得打了个寒战。

隐隐的歌声依旧萦绕在耳畔，挥之不去。小姑娘感到这歌声是想告诉她些什么，却怎么也捉摸不透。

"你听到了吗？"她转而询问猫咪。

"听到什么呀，喵喵呜？"猫咪反问。

"就是这首歌呀。"

"我不明白你在说什么。"猫咪的微笑中带着一丝狡猾，"我们继续赶路吧？"

"但是石头在对我唱歌呢。"小姑娘难以置信，难道她听到的都是幻觉？

"哈哈哈，喵呜，"猫咪大笑道，"谁都知道石头根本不会说话，它们连嘴巴都没有。我们继续走吧！"

说罢，它径自朝那扇黑色的城门走去。门内散发着暗红色的光

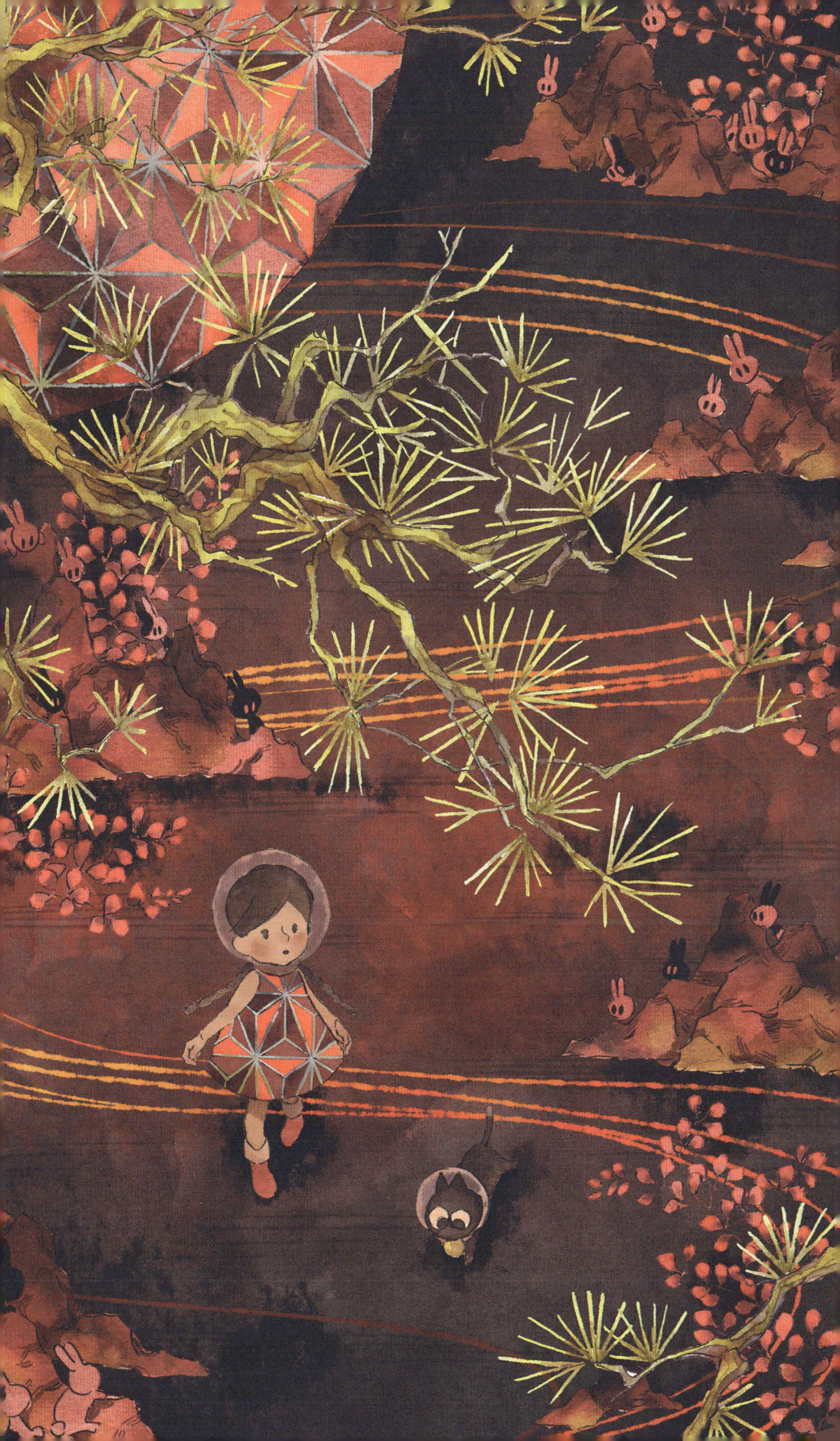

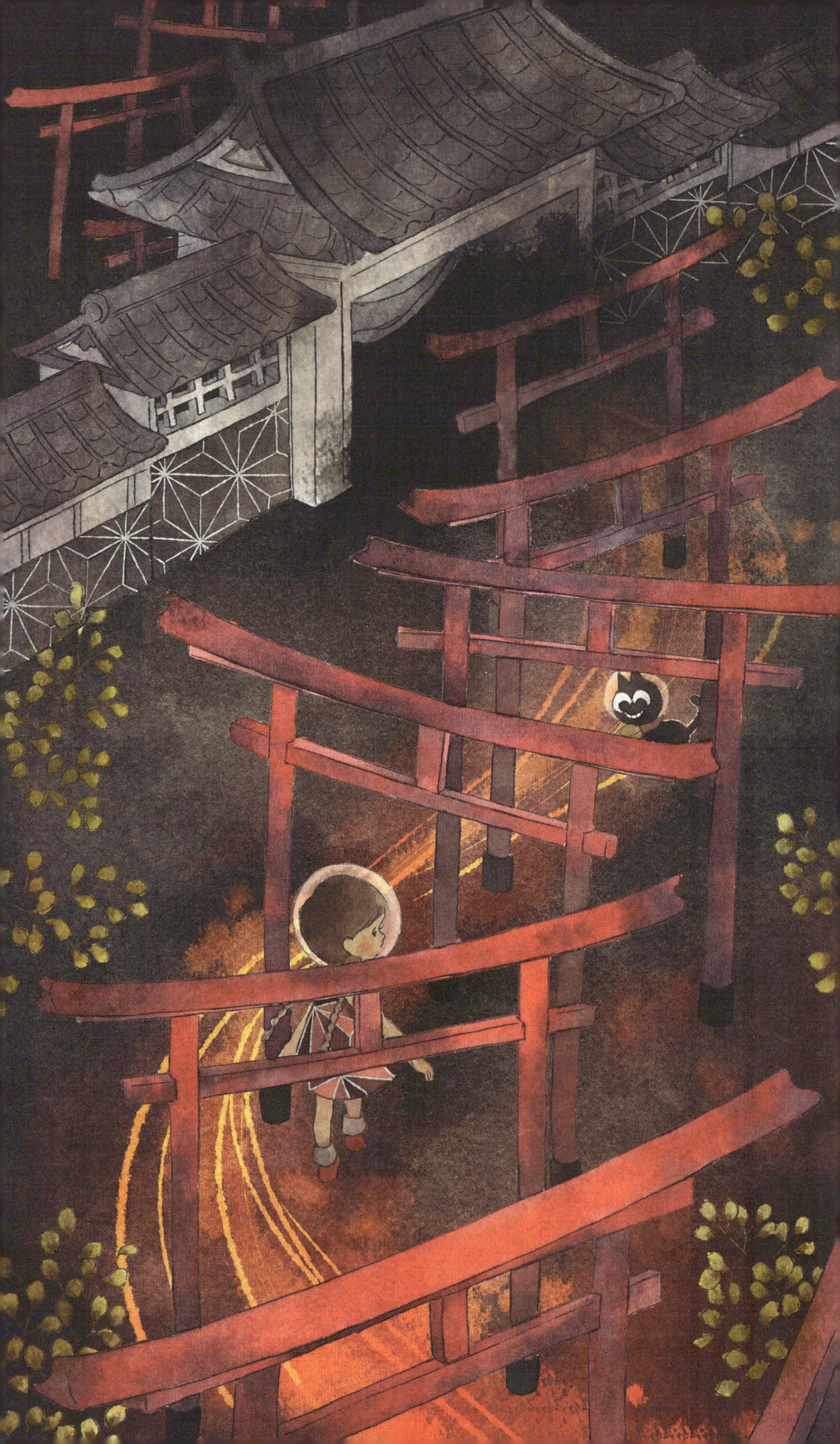

芒,似乎是在邀请他们。

小姑娘提心吊胆地环顾四周。为什么猫咪听不见红石头的歌声?真的是她听错了吗?

"快走吧。"猫咪回过头,催促她道。

她犹豫地向前迈了一步,突然发现,猫咪变得很古怪——它弓着背,颈背上毛发竖立,几乎比平时大了一倍,一双似笑非笑的猫眼中闪着诡异的光。

她的眼前不再是那个陪伴她游历了一个又一个世界的伙伴,而是一个陌生的怪物。

小姑娘吓得后退了一步,眨了眨眼,一切又突然变回了从前的样子——眼前的猫咪毛茸茸的,微笑中带着一丝狡猾。

"真奇怪。"小姑娘不由得想。

她把这个想法憋在了心里。她使劲摇了摇脑袋,似乎是想要努力甩掉那隐隐的歌声,然后她小跑几步跟上猫咪,继续朝大门里面的黑红色虚空走去。

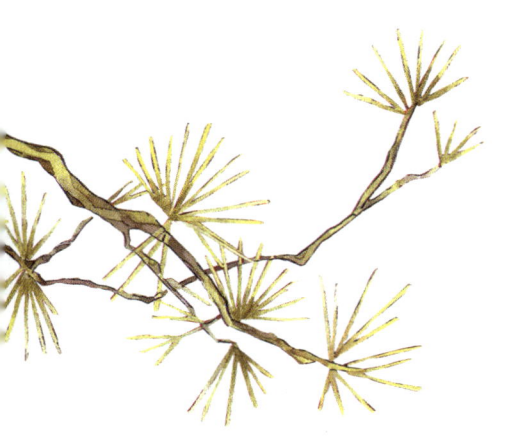

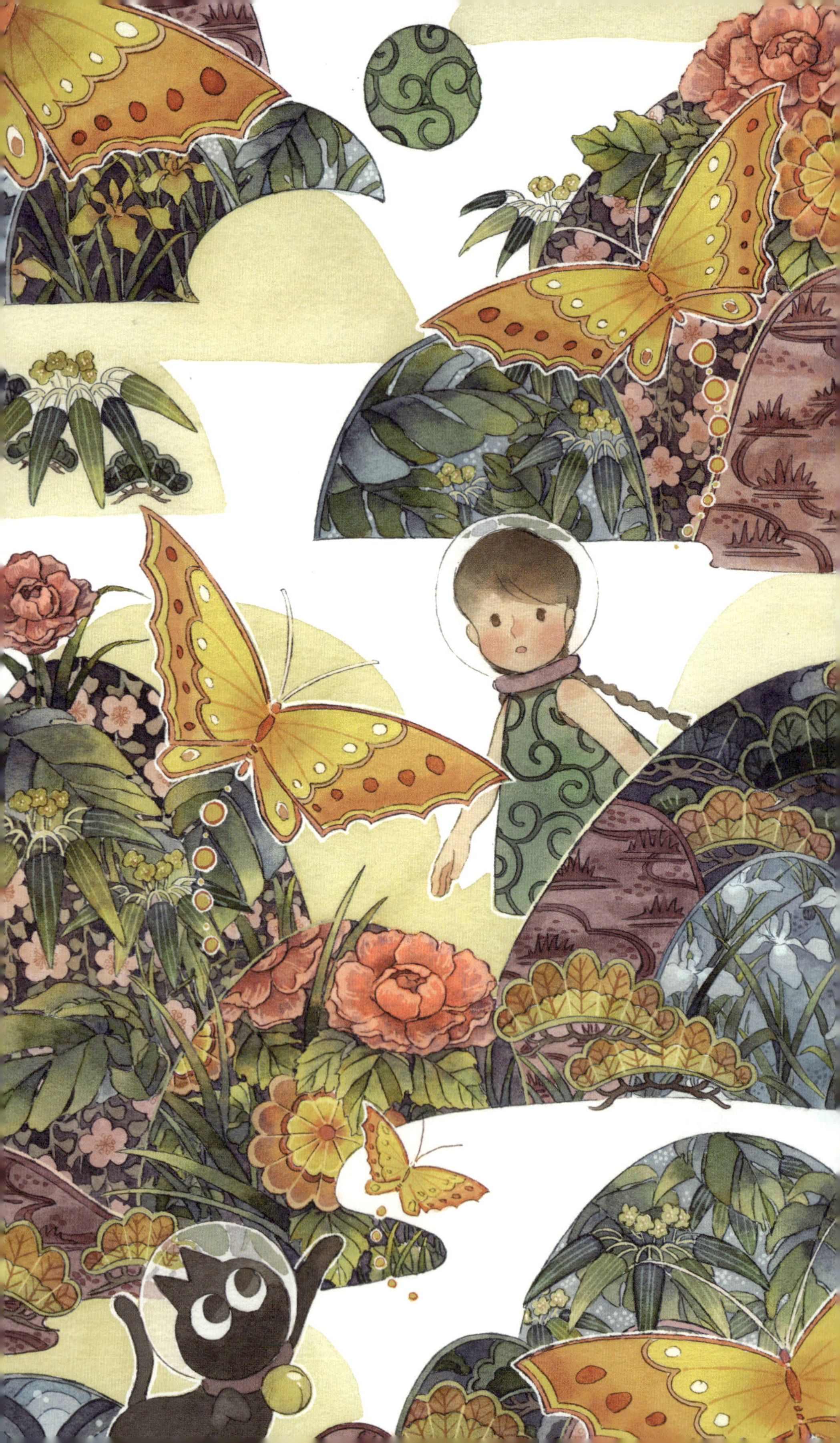

Chapter 6
第 章

丛林虽美，却危机四伏。你无法料想，在绿色密林的深处，在盘错的藤蔓之中，在巨大的桫椤背后，有什么东西躲在暗处，观察着你的一举一动，等待着你一步步靠近。

小姑娘和猫现在正置身于这样的一片丛林。

他们小心翼翼地穿过灌木丛，身边飞舞着热带的鸟儿和巨大的蝴蝶。炎热又潮湿的空气包裹着他们，高大的热带树木遮天蔽日，他们几乎分不清现在是白天还是黑夜。

小姑娘和猫已经走了太久太久，久到小姑娘渐渐忘记了很多事情——自己到底是谁？怎么来到这里的？为什么要到这里来？

"猫咪，"她有些迷茫，"我们这是要去哪儿？"

猫一言不发，只是转过头来，对她露出狡猾的微笑。

"猫咪，你要带我到哪里去？"

猫依旧没有回答。沉默的对视，让小姑娘心里发毛。

"现在呢,"良久,猫终于说话了,"我要爬到最高的树上去,看看我们要朝哪里走。你在这儿等着我。"

小姑娘还来不及追问,一眨眼的工夫,它就消失了。

小姑娘独自留在原地,害怕极了。万一从哪儿蹦出来一只大老虎,要把她吃掉,那该如何是好?一旦遭遇不测,她就没有办法买……买什么东西来着?她还要把买来的东西带给……某个人……到底是带给谁呢?究竟是要带什么,又是为什么要带给这个人呢?

小姑娘什么都不记得了,她想努力回忆起些什么,记忆却像隔着一层起雾的玻璃窗,她怎么也看不清。她不安又孤独地张望着四周,茫然地摊着双手。

突然,不知从何处蹦出了一只大老虎,打断了她纷乱的思绪。

小姑娘吓了一跳,尖叫起来:"啊啊啊啊啊啊!救命啊!有老虎!猫咪……快来啊……"

"你大喊大叫做什么?"老虎发问了。它说的是人话,声音也不似猛兽的咆哮,而是一个温和的人声。

小姑娘大吃一惊,惊讶到忘记了自己前一秒还在害怕。恐惧几乎已经烟消云散了。

"您说什么?"她问。

"我是问你为什么大喊大叫,可爱的小姑娘。"老虎很有礼貌地微笑着。

长这么大,小姑娘还是头一次看到会说话的善良老虎——尽管刚见面,但她相信这只老虎就是善良的,毕竟它那么彬彬有礼!不过，这些日子里，她一直在陌生的世界待着，遇到了那么多怪事，现在遇上一只会说话的好老虎，似乎也不值得大惊小怪了。

咦，她在陌生的世界到底待了多久了？几个小时，几周，还是几个月？到底过去多久了？

"老虎先生，"小姑娘怯生生地开口，"您好。"

"叫我大老虎先生。"老虎纠正道，意味深长地摆了摆它的爪子，"你在这里做什么呢？你这么个小不点儿，身边没有其他人陪着，不怕遇上危险吗？"

"我不是一个人来的，"小姑娘回答，"猫咪是我的好朋友，它跟我一起来的，不过它爬到树上去找路了。"

"去哪儿的路？"老虎问。

"大老虎先生，说实话，我自己也不知道去哪儿。"

"嗯……"老虎皱起眉头，"那只猫先生是什么样的？"

小姑娘的眉头也皱了起来。

"它长了一副……就是猫的样子。毛是黑色的，眼睛是绿色的，它还有——"

"还有灵活的尾巴和尖尖的耳朵？"

"没错，和您说的一模一样……您是怎么猜到我要说什么的呢，大老虎先生？"

老虎打了个哈欠，伸了个懒腰。它是个毛茸茸的大家伙，看起来忠实可靠。

"魔法世界里自然少不了黑猫，我和这类家伙打过不少交道。"它轻声说，"我说不准，但是依我看，你现在的处境有可能非常危险，你的眼睛有时也会欺骗你。"

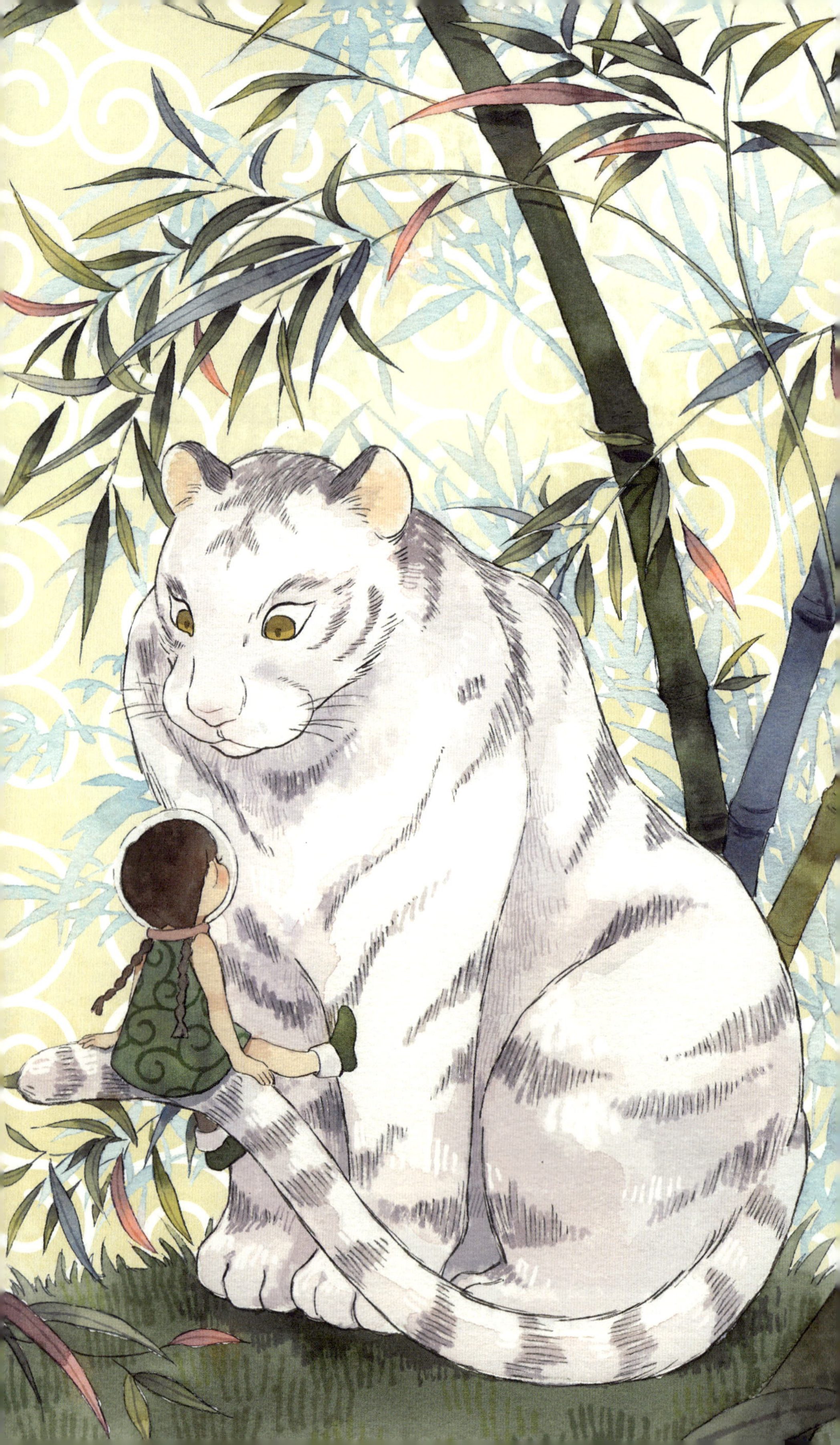

它看着小姑娘懵懂的样子,又打了一个哈欠,继续说:"你别怕,这没什么,我的担心或许是多余的。我会一直关注你,必要的时候,我会尽可能赶去你身边帮助你……当然了,如果你需要的话。只要你呼唤,我就在这里。不过,无论到哪个世界,你都要记着自己为什么来这里,要到哪里去,记着这些最重要的事。这一点我帮不了你,只能靠你自己了。"

小姑娘很惊奇:"您为什么对我那么好?为什么愿意帮助我?"

老虎也很惊奇:"难道帮助别人需要理由吗?难道做一只善良的老虎需要理由吗?"

小姑娘脸红了:"童话里都是这么写的,要想得到神奇动物的帮助,你得先做好事,帮助它们,比如把它们从狩猎陷阱里放出来啦,帮它们重建被洪水冲毁的家啦……至少要替它们把爪子上的刺拔出来呀。"

老虎笑了:"那好吧,如果必须这样做,请你把我爪子上的刺拔出来吧。"

"可是您的爪子上没有刺呀,大老虎先生。"小姑娘怯生生地反驳。

"你看,没有刺,难道不是好事吗?"老虎微笑着说。

小姑娘似乎明白了什么,她张了张嘴,正想回答,忽然听见身后传来一阵沙沙声,转身一看,原来是猫从树上下来了。她再回过身来,已不见了老虎的踪影。

"走吧,"猫招呼她,"我们就快要走出丛林了,只差一点点儿。快点儿,我们快去下一个世界。"

正如猫说的那样,他们很快就走出了丛林,面前是一片广阔的平原。一轮淡绿色的月亮悬在他们头顶。

"刚才我遇到了——"

"闭上眼睛。"猫命令小姑娘道。

ℂhapter

7

第 章

天空中的月亮变成了一轮方格之月。月亮上的格子不像象棋的棋盘，倒是很像爸爸手帕上的格纹。

小姑娘已经很久没见过爸爸了，却依旧记得爸爸的格纹手帕被太阳晒得暖烘烘的味道。那是全世界她最喜欢的味道。

"据说，在这个世界，有一座永不熄灭的灯塔矗立在悬崖上，它是宇宙中的最后一缕光亮。"猫说。

小姑娘盯着猫看了很久。她不明白它为什么要对她说这些。

四周一片寂静。

小姑娘愕然发现，这个世界安静得异常，就连她的脑海里也一样寂静无声。在她与猫经过的几个世界里，总有音乐在她的脑海里奏响，现在却是一片空白。

就好像是谁拿着一块橡皮擦，把她脑海中的声音全部擦除了……

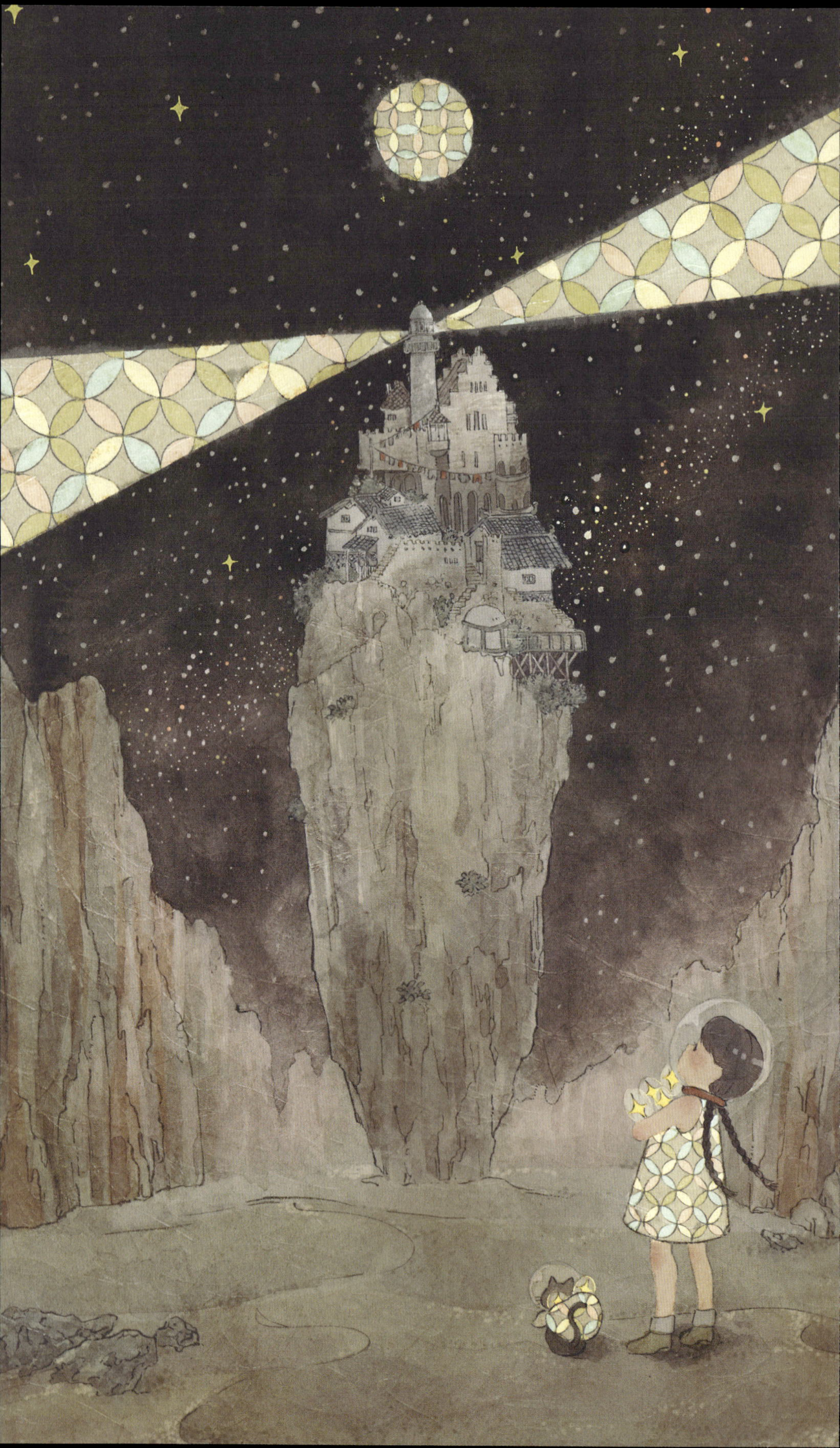

除了空白，这里只剩下像太空一样的寂静，静得让人感到寒冷，仿佛一切都被冻结了。

向远处眺望，小姑娘看到一座城堡。不知为何，这座城堡令她感到熟悉和温暖，看见它，就像与一位久别的故人重逢，或是寻得了一个尘封已久的答案。

她的心头产生了一个清晰的念头——到城堡去。好像正是为了这座城堡，她才走了这么远的路，穿过了这么多个世界。

猫一言不发，就像读懂了她的心思一般，也朝城堡走去。

当他们走近后，才明白这座城堡只是一个塔楼，从塔楼的窗户里射出了格外耀眼的光束——原来这塔楼就是那座永不熄灭的灯塔。

灯塔的光芒拂过小姑娘的面颊。

被光照亮的那一瞬间，小姑娘听见了嘈嘈切切的千言万语，就像有人迫切地想把一辈子的话都在那一刻对她说完。

只是，光芒一扫而过，那些耳语也瞬间蒸发了一般，小姑娘的耳畔重归于寂静。

他们又走了一小段路，发现灯塔离他们一点儿都不远。只不过，它比想象中矮得多，走近一看，甚至还没有小姑娘高呢。

小姑娘站在悬崖边，紧靠着灯塔。她感到光芒温柔地抚慰着她的心。

突然，空中开始响起隐隐雷声。雷声渐响，一道道闪电撕破天空，可迟迟没有雨滴落下来。

莫名的忧愁笼罩着小姑娘。她站在悬崖边上，两只胳膊交叠在胸前。在闪电划过、天光大亮的那一瞬间，她似乎再也不是一个小姑娘了。就在一刹那间，她成长为一个漂亮的年轻女人。

不过，这一切都只是幻景。

不带雨点的雷声突如其来，又很快消失得无影无踪了。

小姑娘和猫绕过灯塔，继续前行。过了一会儿，他们又转过身来回望灯塔，发现它看起来比实际上还要小。

小姑娘歪着头，若有所思：这并不是魔法世界里独有的现象，日常生活中也常常会发生。有时候，她觉得某件事情非常重要，或者困难到根本无法完成，甚至有可能既重要又困难——就像你也会遇到一篇怎么也背不下来的课文，考试时有道数学题让你完全摸不着头脑……这时只要平复心绪，就会发现这件事并没有想象中那样难。随着时间的流逝，它也渐渐地没有那么重要了。

那什么才是重要的事呢？小姑娘觉得自己好像还有件非常重要

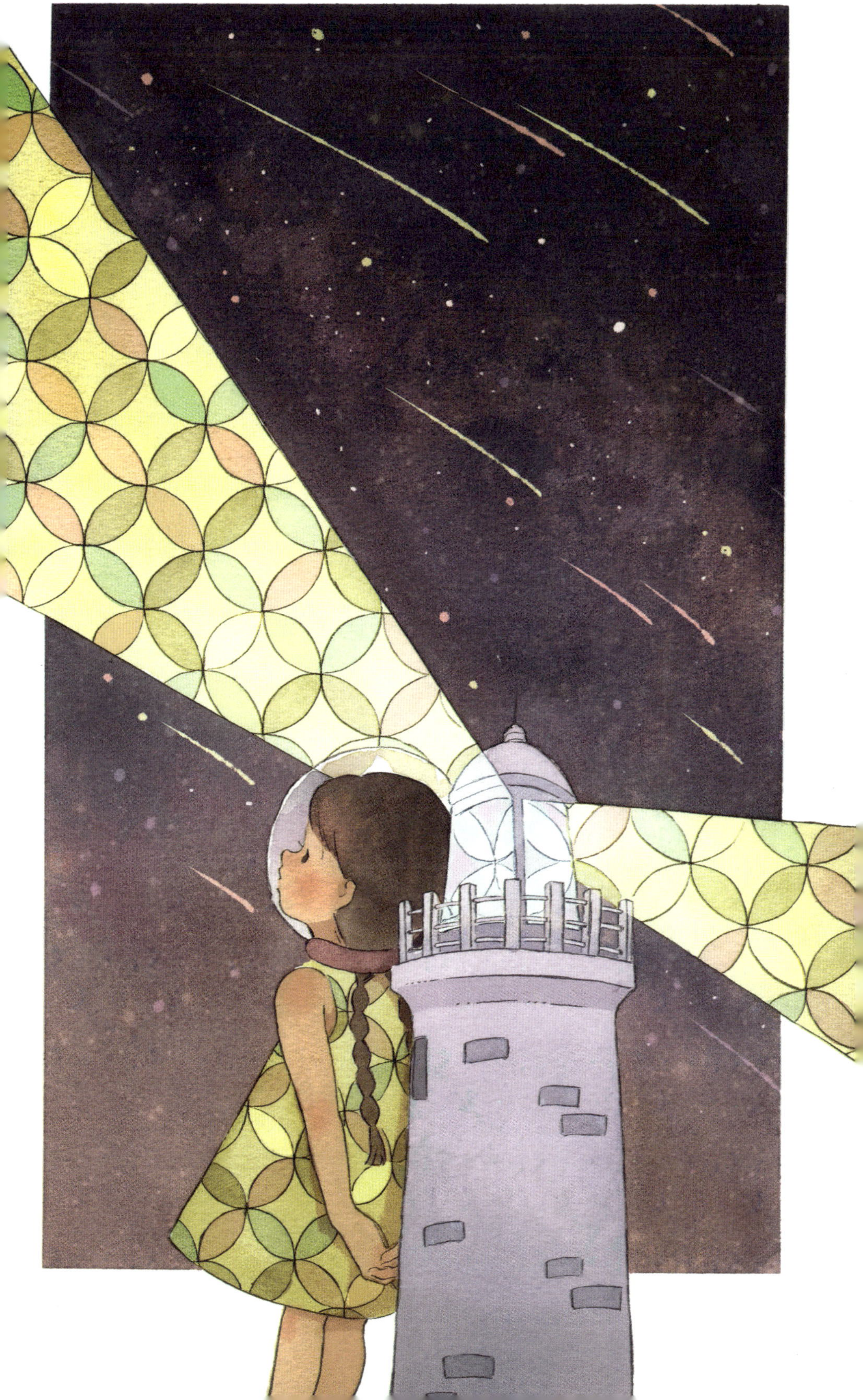

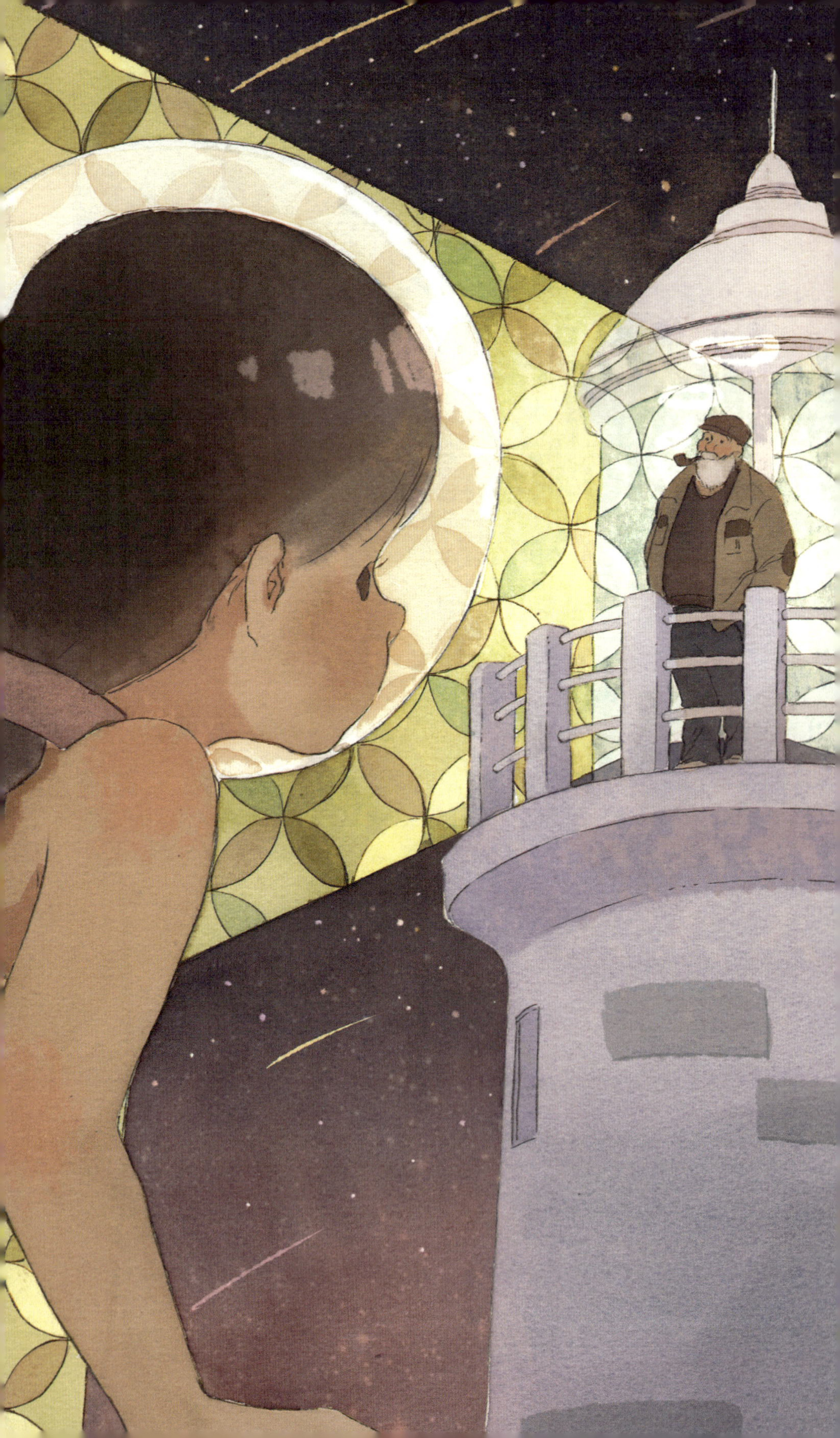

的事没有完成，却怎么也想不起来了。

"你想念你的爸爸吗？"猫突然开口问道，同时蹲在小姑娘身边，轻轻地舔着爪子。

"不记得了，"小姑娘茫然地摇头，脑袋晃得像个拨浪鼓，"我什么都不记得了。"

"那也是件好事。"猫继续说，"现在我想请你到我最喜欢的世界去。走吧，我们去暗月之城。"

"但是我不想去呀！"小姑娘说，"我的心里装着一件事情，我好像要回到某个地方去，做些什么。可是我想不起来了。"

"我们都已经走了那么远了，你就别管那么多了。"猫十分坚持，语气变得急迫又强硬，"我非常希望你去参观我最爱的暗月之城。"

出乎意料，猫的尾巴变长了，像蛇一样扭动着，遮住了小姑娘的眼睛。

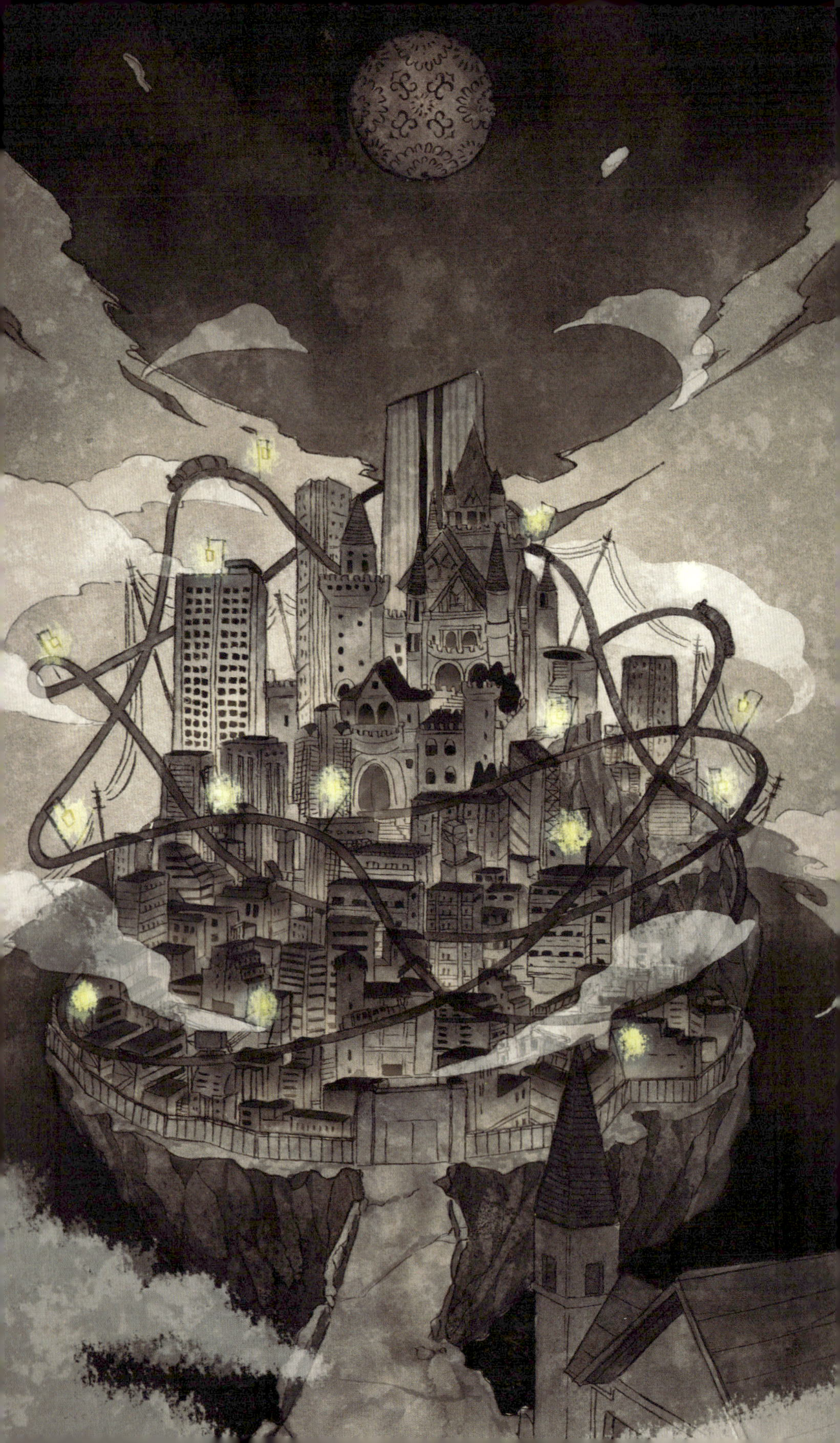

Chapter 8
第 章

小姑娘又一次睁开了眼睛。

她惊讶地四下张望——这个世界不同于他们之前去过的任何一个世界,这里也很安静,但没有安静到像方格之月的世界那般鸦雀无声的地步,有时能听到沙沙的轻响,有时是微风吹拂的声音,有时是汽车的轰鸣声。

小姑娘和猫站在黑色的山丘上,一座黑色的城市在山脚下延展开来。

黑色的房屋,黑色的街道,黑压压的人群。黯然无光的天空中,挂着一轮黑色的月亮。

这就是暗月之城,暗黑之月的世界。

不知为何,小姑娘幻想中的暗月之城古老又神秘,但等她走近一看,与她想的正相反,这是一座现代化的大都会:高楼大厦鳞次栉比,购物中心里人流如织;地铁的轨道纵横交错,列车从

地下钻出地表,飞驰一段后又钻回地下;在商务中心的窗前,高铁疾驰而过。

如你所见,这是一座巨大而热闹的城市,时时刻刻都翻涌着、沸腾着旺盛的生命力。

不过,暗月之城可没有表面上那么简单。

小姑娘和猫坐上了黑色的小火车,向宫殿出发。

宫殿门口站着的守卫面目模糊,黑得像团影子。让人意想不到的是,他连问都没问,就直接把他们放了进去。

他们沿着宽阔的正门台阶走上去,穿过黑色的走廊。

走廊的两边摆放着黑色的盔甲,墙上挂着黑色的图画——这些画都是全黑的,只是画框的形状与大小不一样。

走到一个用黑色花岗岩铺就的大厅里,小姑娘停住了脚步。猫熟门熟路地走向大厅中央,跳上宝座。

小姑娘不敢相信自己的眼睛——猫一坐上宝座就变了样。她还没来得及眨一眨眼睛,就发现坐在宝座上的不是猫,而是一个十多岁的男孩。

"你好啊。"男孩微笑着说。

男孩的微笑让她心头一惊。

男孩又开口了:"终于把你引诱到这里来了,我很高兴。"

"引诱?"小姑娘大吃一惊。

"正是如此。如果一开始就让你跟我到这里来,你肯定不会同意的,所以我谎称用魔法只能随机穿越,先带你穿过七个世界,让你迷失、遗忘一切,再来到这里。现在呢……欢迎来到我的王国!"

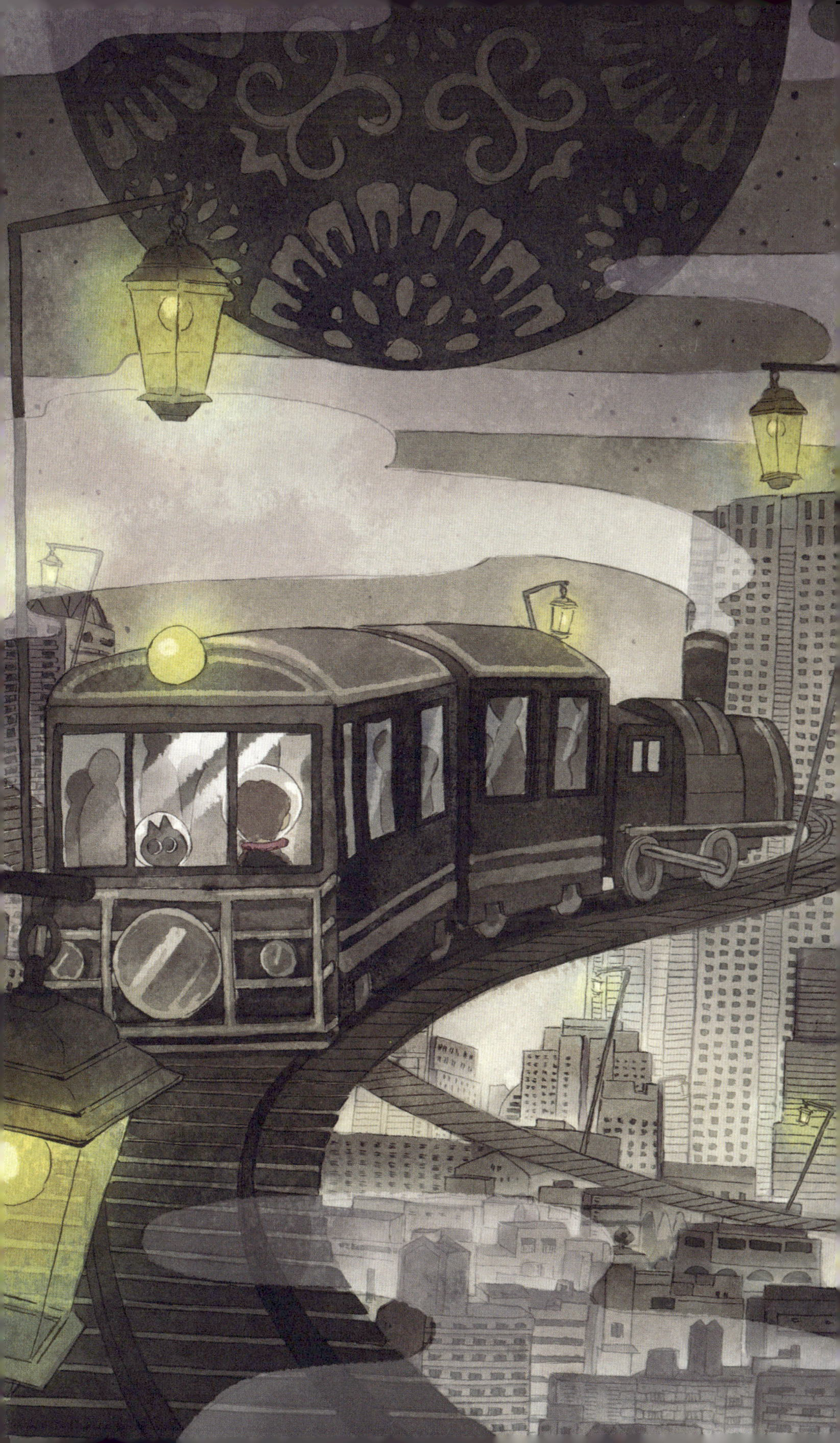

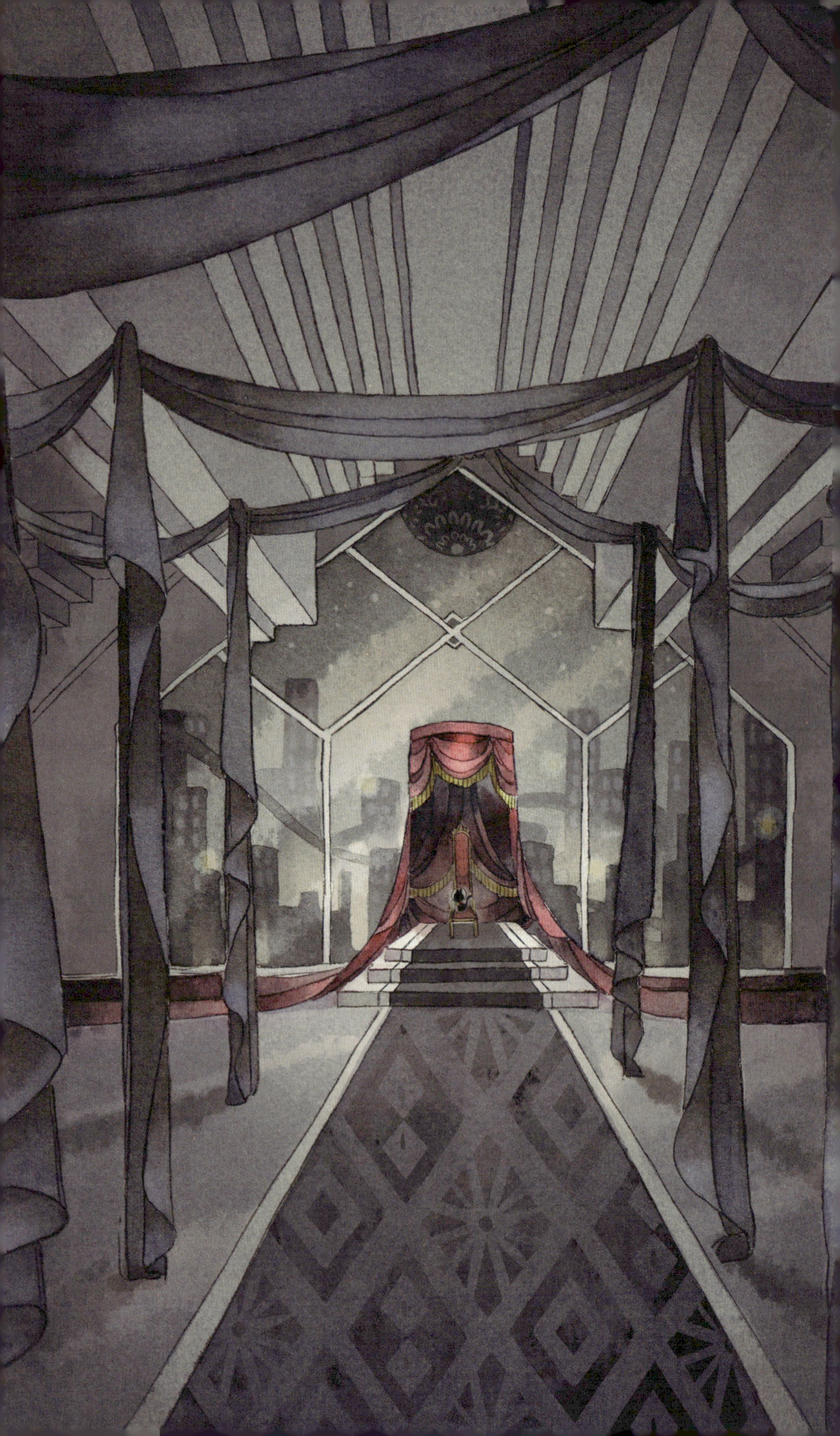

男孩又不怀好意地微笑起来，站起身。他身披一件带银扣的黑色斗篷，黑靴黑裤，手握一根精致的权杖，头戴一顶优雅的黑色小王冠。他所有的姿势和动作，都流露出一种猫特有的优雅。但不同于小姑娘熟悉的猫咪，他目光冰冷，漆黑的眼睛里空无一物。

"我是暗黑王子，是术士，是魔法师，还是暗月之城和整个暗黑王国的统治者。"

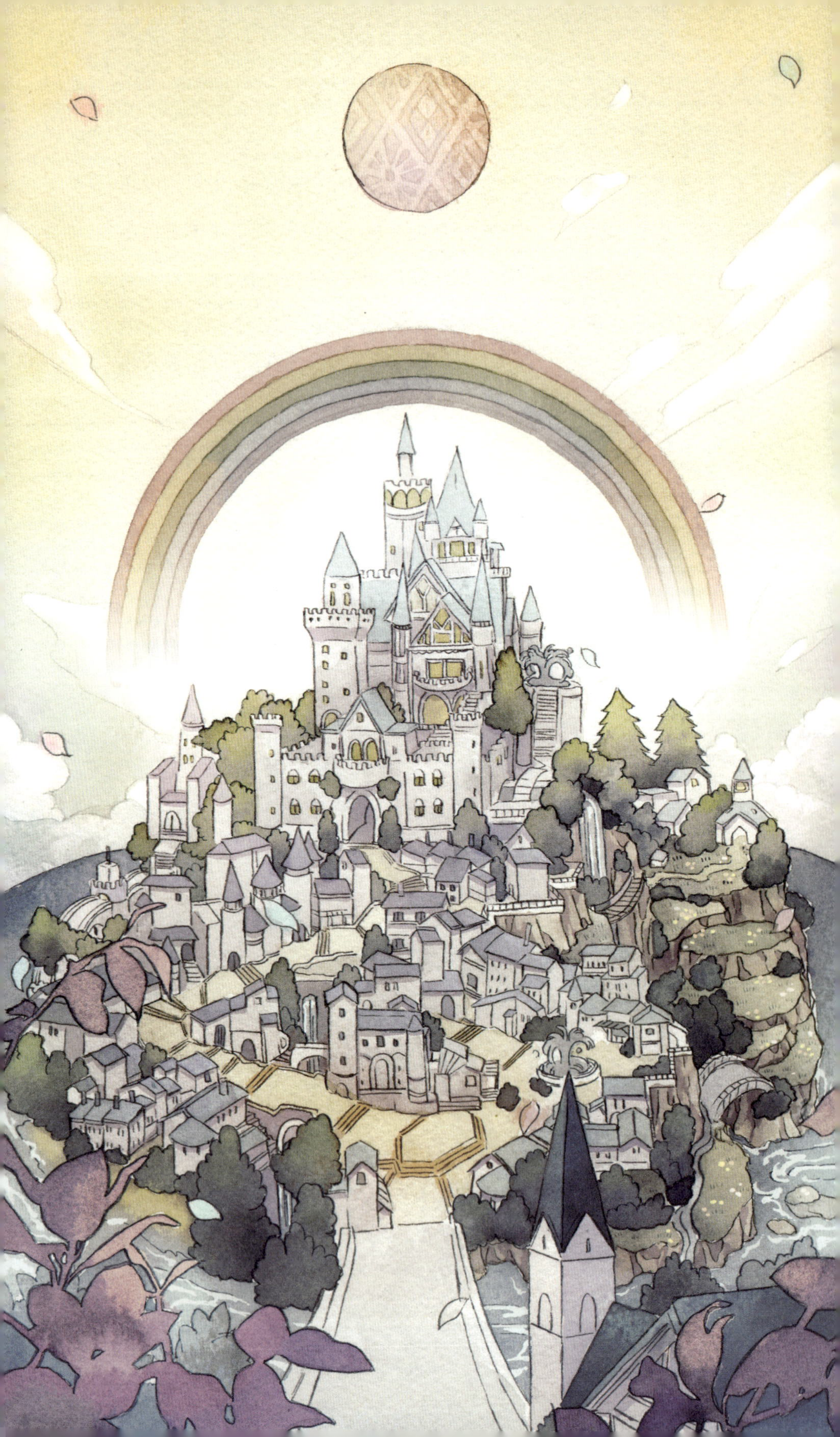

Chapter 9 第 9 章

"现在我给你讲讲,你为什么会出现在这里吧。不过,你得先听听我的故事——暗黑王子的故事。

"很久很久以前,暗黑王国是纯白王国。伟大的白国王公正又明智地统治着臣民,他的妻子白王后是全天下最善良、最仁慈的人。繁荣昌盛的王国有很多,在这些王国里,也有很多没有子嗣的统治者,白国王和白王后就是其中最幸福的一对。

"纯白王国上下怀着一个共同的愿望——希望白国王和白王后能够诞下一子,一个能够延续他们家族血脉的孩子,等时候到了,就让这个孩子继承王位。

"过了一年又一年,国王和王后就是等不来自己的继承人。他们找遍了所有的医生,连巫医都请来了,可一点儿都没见效。

"如果换成其他的统治者遭遇这样的打击,肯定早就变得又沮丧又暴躁了,甚至会放纵自己的欲望,骄奢淫逸,不再治理国家,

任由它走向衰落。可我们的白国王、白王后不是这样的人。没有孩子，他们当然感到非常痛苦和失落，但对他们来说，臣民的幸福才是这世上最要紧的事情。

"最后，他们认命了，决定不再为子嗣而操心，一心只求王国平安，臣民幸福。

"本来故事到这里就应该结束了，但是有一天，白月之城迎来了难得一见的'白夜'——夜晚的天空亮如白昼。在纯白王国，这意味着有大事要发生了。

"果然，一位黑巫师来到了白月之城，求见国王和王后。

"'我了解你们的痛苦，也有办法帮助你们，'他说，'我会让你们生下期盼已久的孩子。帮助你们，我什么都不要，我也保证，这几年你们的国度不会发生任何坏事。'

"国王和王后心性善良，也容易轻信他人。他们以为面前的这个人没有什么坏念头，甚至觉得'黑巫师'只不过是一个名号，并无深意。他们欣然接受了他的帮助。

"他们未曾料想到，这其实是一位邪恶的巫师。

"巫师从随身携带的黑箱子里取出一个金苹果，只是轻轻一摸，苹果立刻变黑了。

"'让王后吃下这个苹果，她就会生下孩子。'

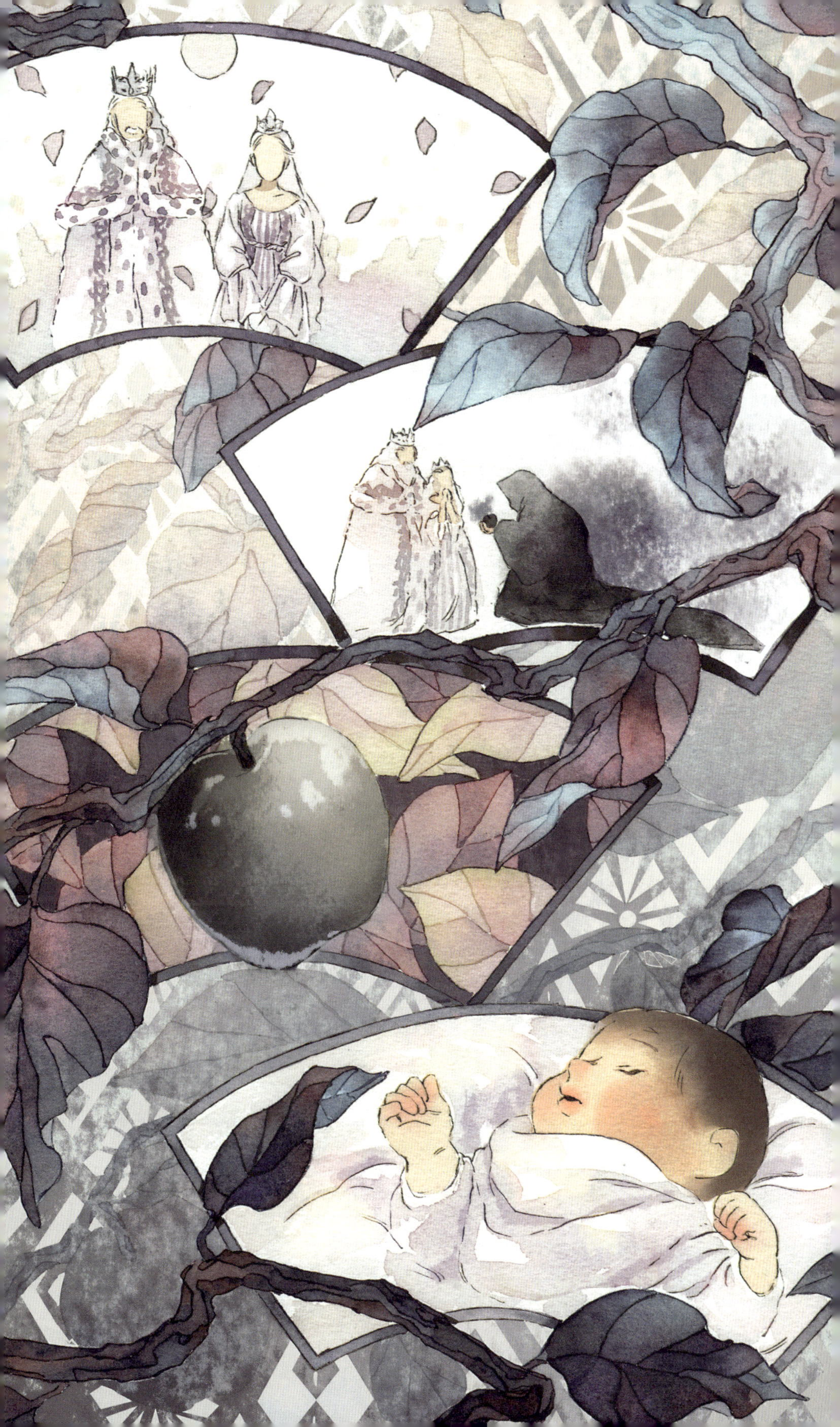

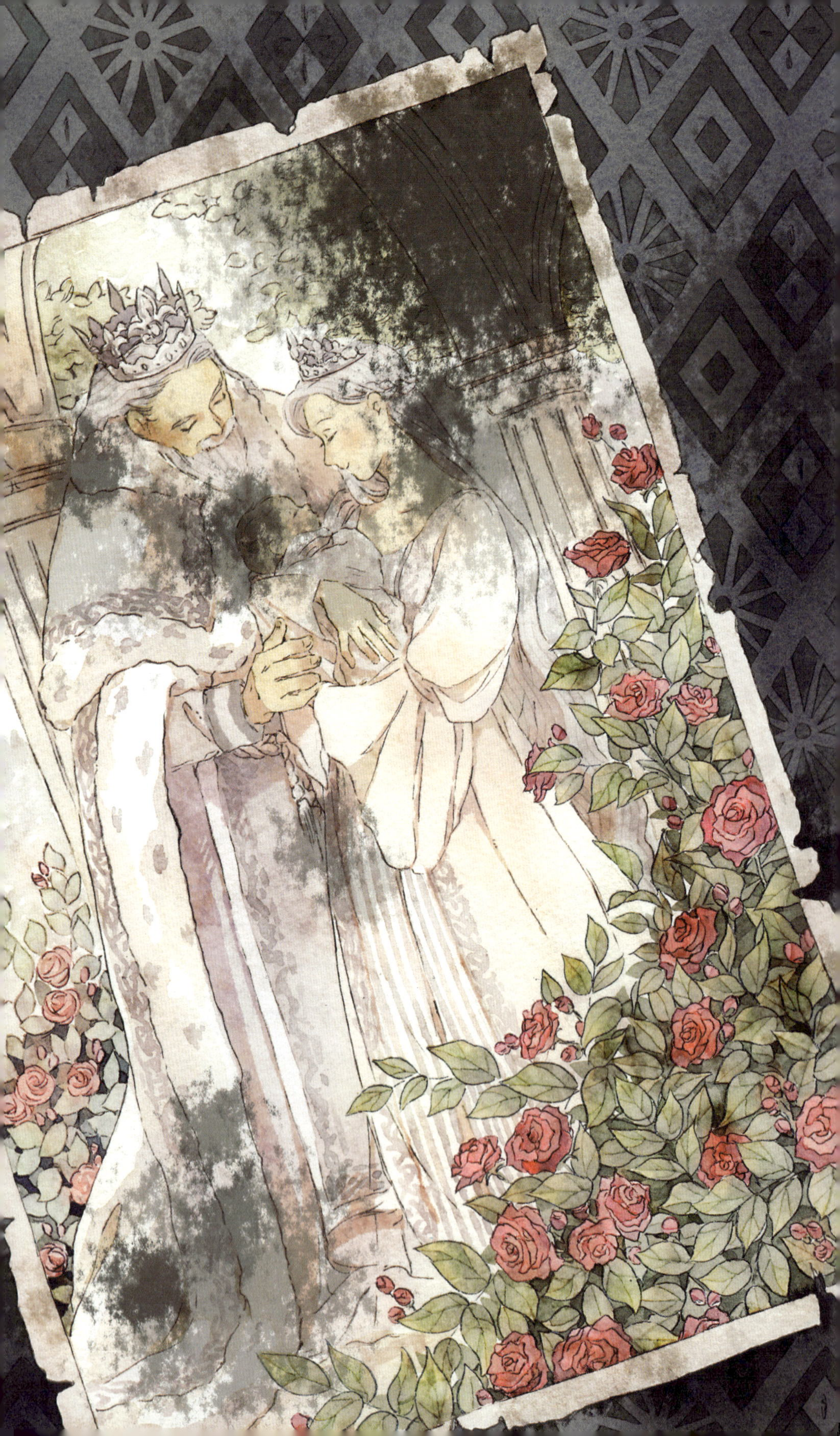

"国王和王后如获至宝。王后立刻照办,不久之后,她真的生了一个儿子。男孩脸色红润,活泼健壮,只是与白头发、白眼睛的父母不同,他的头发和眼睛都是纯黑的。

"国王和王后怎么也不会想到,黑巫师骗了他们,他对苹果施了魔法,让这个王族之家为自己的幸福付出了可怕的代价。

"黑发黑眼的男孩长了一颗黑色的心脏,它就像一个黑洞,会吞噬光线,所有白色的、耀眼的、美丽的东西都成了它的养料。几年后,王后突然病逝,国王变得越来越忧郁,越来越衰老。

"与此同时,年轻的王子渐渐长大,一天比一天更强壮。

"全城的光线——不,全国的光线都被他那颗黑心脏吸光了。

"城市完全变黑了。它的黑暗,它那毫无快乐可言的黑暗吞噬了生活在城中的人民,随着时间的流逝,人们的灵魂都变成了黑色的。他们失去了生活的意义,失去了目标,也失去了记忆。

"每一天,成千上万的黑色影子白天出门,做着机械、重复的工作,夜晚回到家里,食不知味,寝而无眠。到了周末,他们去往电影院,徒劳地睁着黑漆漆、空洞洞的眼眶,观看空无一物的黑色银幕。

"日子就这样一天天、一周周地过去了。

"年轻的王子学会了读书，整天泡在王宫的图书馆里。他把能找到的黑魔法咒语都学了个遍，心脏变得比从前更黑。他学会了在不同的世界里穿梭，学会了变身成各种各样的野兽。他能用黑魔法夺去活物的性命，也能让死者复生，只是，那些起死回生的动物都没有灵魂，如同行尸走肉。

"他还给自己起了个新名字——'暗黑王子'。

"终于有一天，一直照耀着这个国度的纯白之月消失了，同一天的夜里，白国王也去世了。从那时开始，暗黑王子成了王国的法定统治者，整片土地被永恒的黑暗所笼罩，白月之城就这样变成了暗月之城。"

暗黑王子继续说："可是，在吞噬了所有的光明之后，王子那颗黑色的心脏渐渐枯萎，它开始吞噬自己，暗月之城也随之摇摇欲坠，整个世界不断地吞噬自身，最终坍缩成一个黑洞。

"我终于明白，我的心脏给暗月之城提供了能量，这座城市也反过来让我的心脏继续跳动。这个世界里已经没有可供我们吸收的光明了，现在，我们需要新鲜的光明的灵魂。也许你就是我们得到的第一个光明的灵魂，但也有可能不是。"

暗黑王子微微地笑了一下，这抹笑意又让小姑娘起了一身的鸡皮疙瘩。

"留在这座城市吧，在这里生活吧。快把真诚又干净的灵魂献给暗月之城，这只需要花费你一点点儿时间。在这之后，你就会成为这里的一个新居民，一个没有脸的影子。"王子的眼睛里闪着寒光，"你会拥有新的生命。"

"那才不是生命！"小姑娘攥起拳头，跺着脚喊道，"快把我送回家！我要找妈妈！"

一瞬间，她想起了一切，想起了买洋葱，想起了令她恐惧的马路，想起了妈妈；她也想起了红色石头的歌声、黑色城堡上眼眶一般的窗户、大老虎先生的叮嘱，还有宇宙中最后一缕温暖的光亮……原来，它们都在试图提醒她。

泪水从她的眼睛里喷涌而出，但她立刻擦干了。

她接着喊道："我不怕你！你只是一个任性的小男孩！"

"太遗憾了，"王子说道，"非常遗憾。"

他露出了真面目。

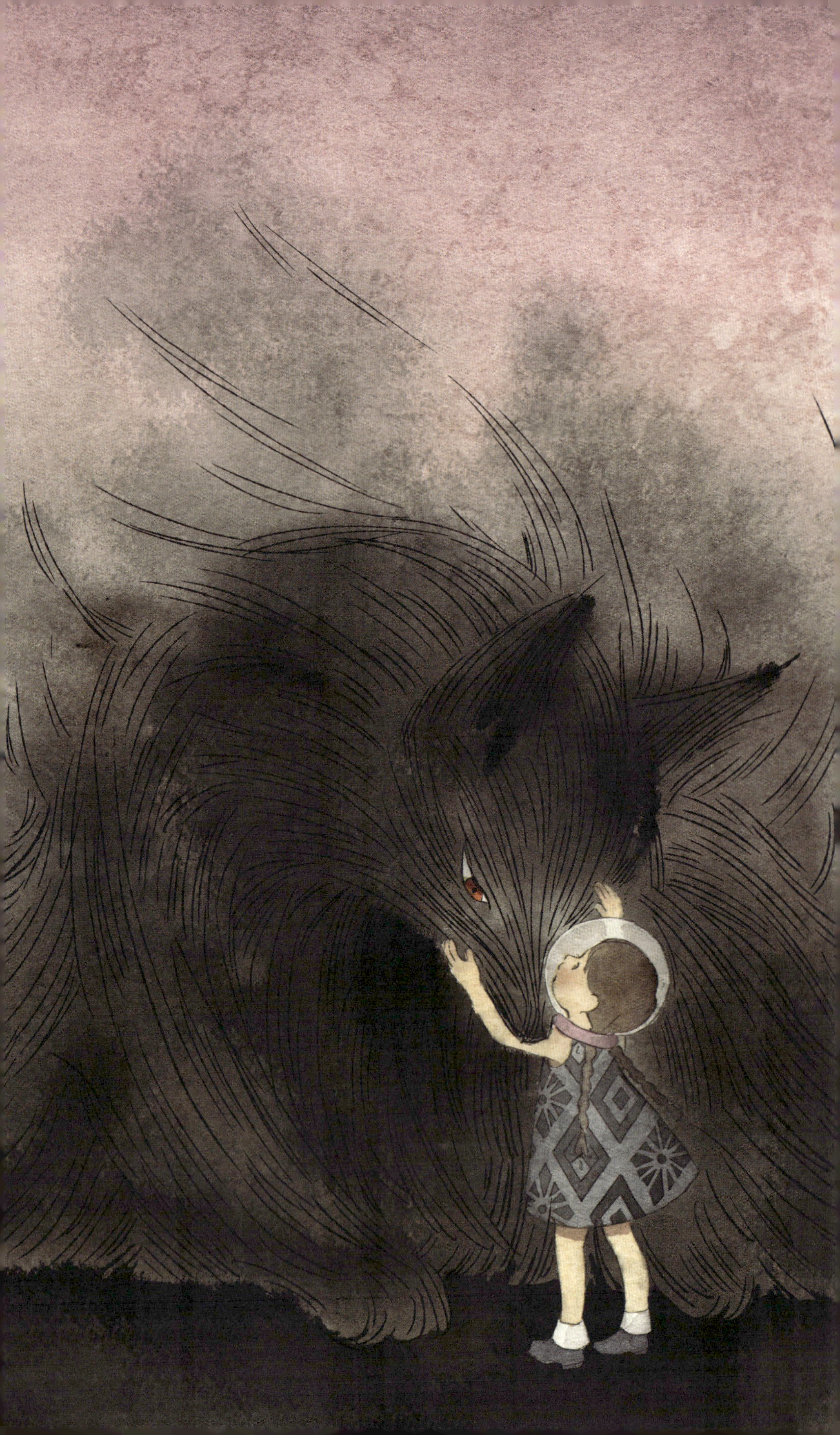

Chapter 10
第 章

暗黑王子又变了样。

他看似要变回猫的形态了——不，那根本不是猫。它的毛越来越长，越来越硬，甚至越来越锋利，仿佛能把它自己割伤。它越来越大，体形变成了原来的两倍、四倍、十倍……它的眼中燃烧着危险的绿色火焰。它周身散发着冰冷的气息，却又可以把触碰到的一切烧成灰烬。

它再也不是王子，也不是曾经的猫咪，而是一个可怕的怪物。

"请……请你冷静一点儿，"小姑娘试图安抚怪物，"猫咪，我一直把你当作朋友，或许我们可以心平气和地聊聊……"

怪物显然不想再听小姑娘说话了，它伸出前爪，想要抓住她，不仅要偷走她的灵魂，还要把她整个儿控制住。

小姑娘只好头也不回地跑出黑城堡，三步并作两步地跳下台阶，沿着马路狂奔。怪物迈开大步追逐她，那长长的黑色舌头差点

儿就舔到她的脚跟了。

黑色的交通信号灯亮了，一群无脸的影子急匆匆地赶往某个地方去。小姑娘推开他们，沿着黑色的马路奔跑，跑过一座又一座黑黢黢的房子。

她慌不择路，一不小心拐进了一个漆黑的死胡同。

身后的黑色怪物狂喜，哈哈大笑，那是一个被宠坏了的巫师男孩发出的笑声。

它离小姑娘越来越近，越来越近。

小姑娘缩成一团，捂住耳朵，闭上眼睛，绝望地等待那件最可怕的事情降临……

她没有张开嘴巴，却真切地听见了自己内心的呼唤声："大老虎先生——"

实际上，小姑娘并没有把两只眼睛都闭上，她只闭上了一只。她从另一只眼睛的缝里看到，一只带有黑白条纹的大爪子凭空出现，拦住了怪物的去路。

是老虎！大老虎先生！

"是你？老虎？"怪物的惊呼传遍了整座暗月之城，回声在空

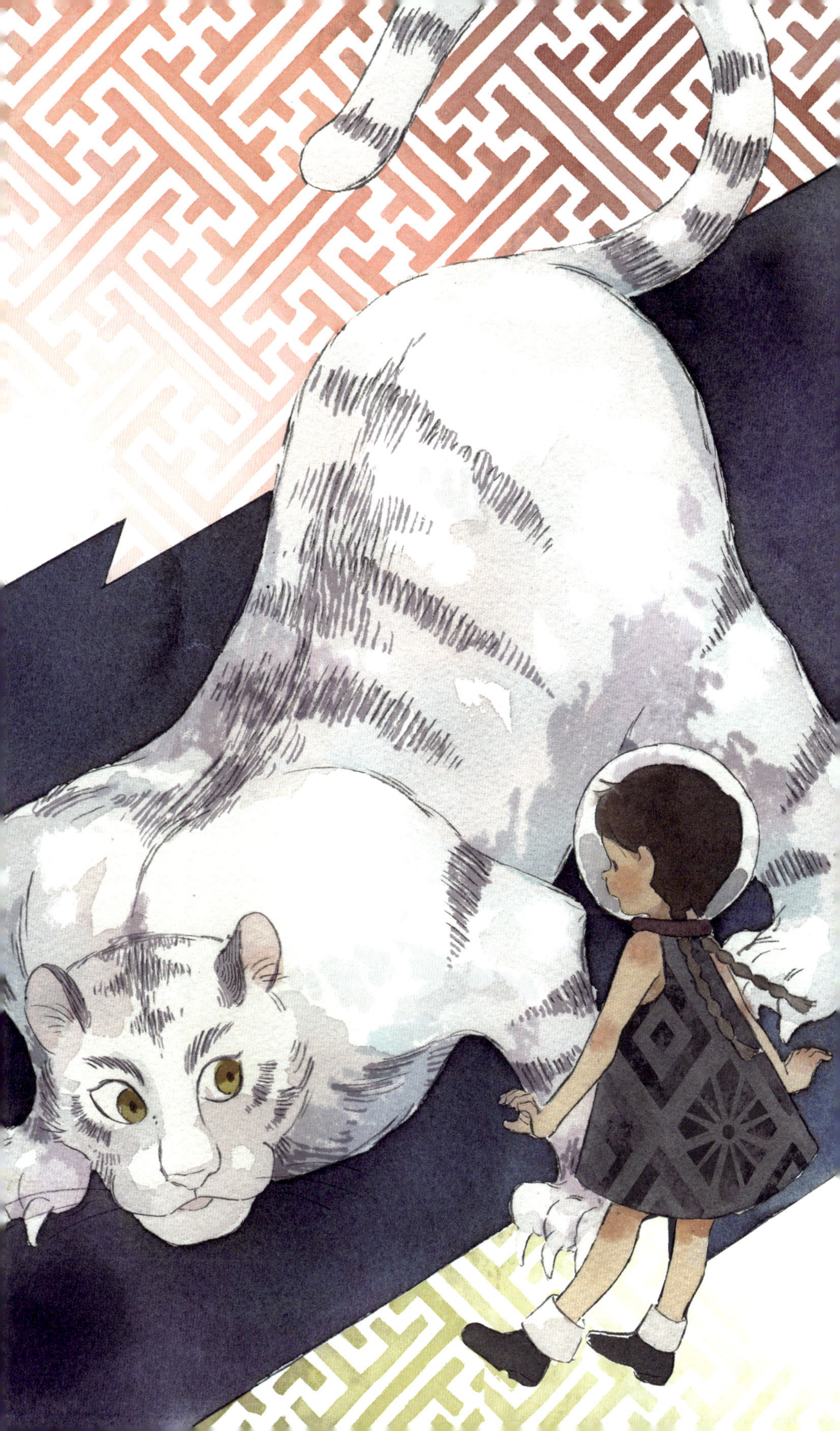

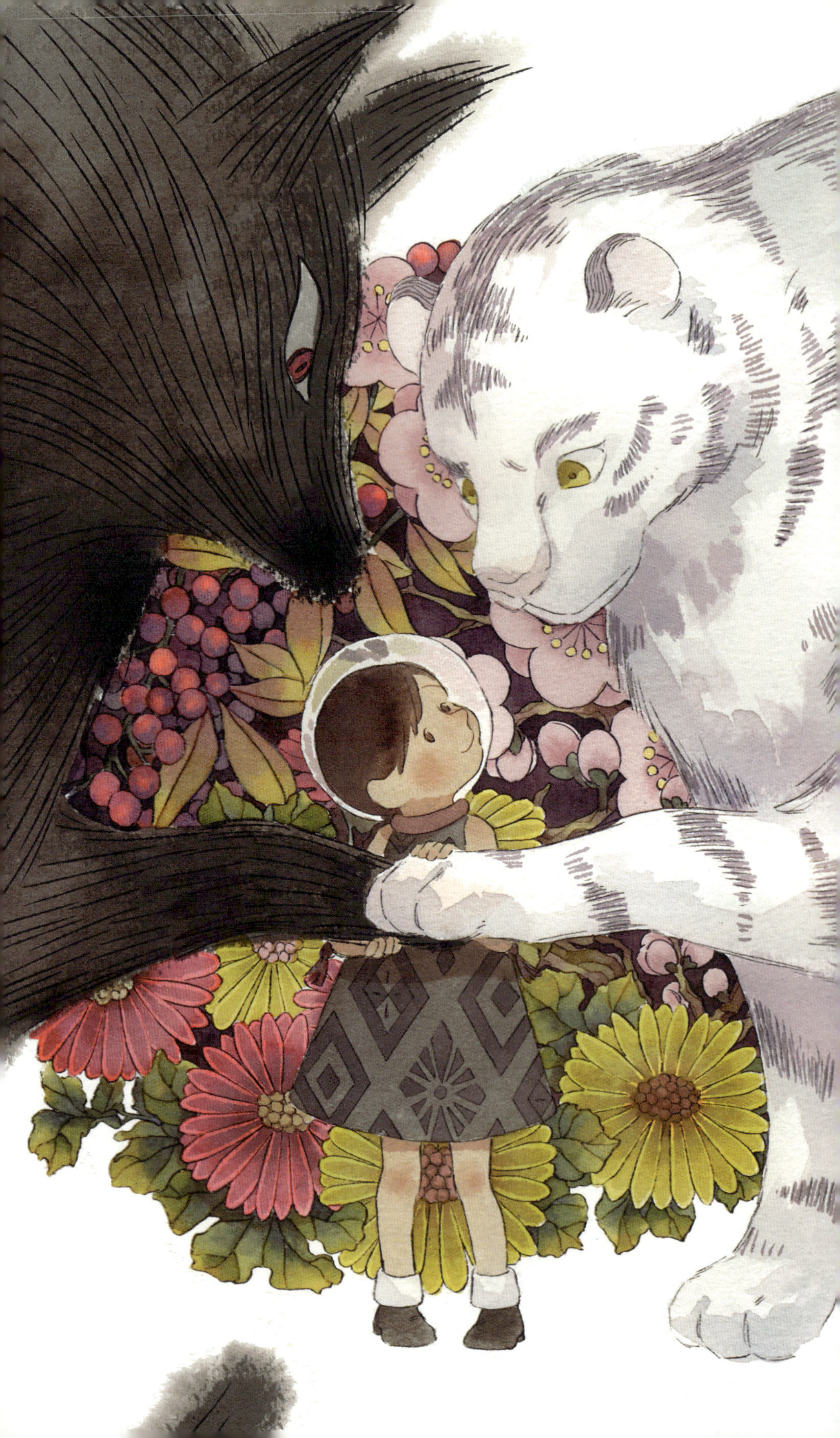

荡的小巷子里回荡。

老虎无声地微笑着,耸了耸肩。

"闭上眼睛。"它扭过头,对小姑娘说。

小姑娘闭上了眼睛。她想,自己一定又要被传送到某个世界去了。

"现在,睁开眼睛吧!"

一个天鹅绒般柔软的声音响起了,是老虎的声音。

明亮的光线照进了小姑娘的眼睛。她的眼前是微笑的老虎,他们的四周是一座耀眼多彩的城市——光明重新照进了曾经的暗月之城。

路上的行人都是面目清晰、有血有肉的人类,他们微笑着,不慌不忙地走着。王宫的守卫也不再是一团黑影,他似乎认出了小姑娘,深深地朝她鞠了一躬。交通信号灯也变回了三种颜色:红色、黄色和绿色。

一轮彩虹之月高高地挂在天上。

小姑娘朝四周看了看。

"暗黑王子在哪里?那个怪物呢?"她有些蒙。

"我战胜了它。"老虎眼里带笑,平静地回答。

"战胜了它?这么容易吗?"小姑娘很惊奇。

"是的。它是极致、纯粹的恶,虽然很可怕、很危险,但并非无所不能。当世界上产生了这样的恶,势必会诞生更强大的善去制约它,所谓'邪不压正'嘛。你觉得呢?"

"确实是这样。"小姑娘表示同意,接着又补充了一句,"谢谢你,善良的大老虎先生。"

"不客气。不过,我可不会一直是善良的。喏,你看,我就像我身上的条纹,黑白相间。"

"怎么会这样呢?"

"世事皆是如此。有善必有恶,有恶必有善,善与恶看似对立,其实也是彼此依存的。我就是它们对立共生的证据——我是光明,也是黑暗;我是明天,也是昨天;我是真理,也是谬误。这世上不能有过多的善和光明,也不能有过多的恶和黑暗。如果哪里的善太多,或是哪里的恶太多,那就该我出马去做平衡了。"

"太多的善和光明也不可以吗?"

"也不可以。"

"为什么呀?"

"因为恶也是人性的一部分,我们可以遏制它,但无法消灭它。况且,如果一个世界只有善没有恶,失去了'恶'这面镜子,善就不再是善,人们也将迷失'善'这张地图,追求善、赞美善也就失去了意义。"

"那个黑巫师呢?"小姑娘突发奇想,"那个给至善的白王后送去黑苹果的坏巫师是你吗?你是觉得白月之城的善太多了,所以去做了平衡吗?"

"我不知道你在说什么。"老虎意味深长地笑了笑,躲开了这个问题,"你想去下一个月亮世界吗?或许我们可以坐火箭去。"

"不,我想回家了。"小姑娘说,所有的事情,一桩桩一件件,都已经回到了她的脑海中,"我还没帮妈妈买洋葱呢。"

"好吧,那送你回去。"

"我需要闭上眼睛吗?"

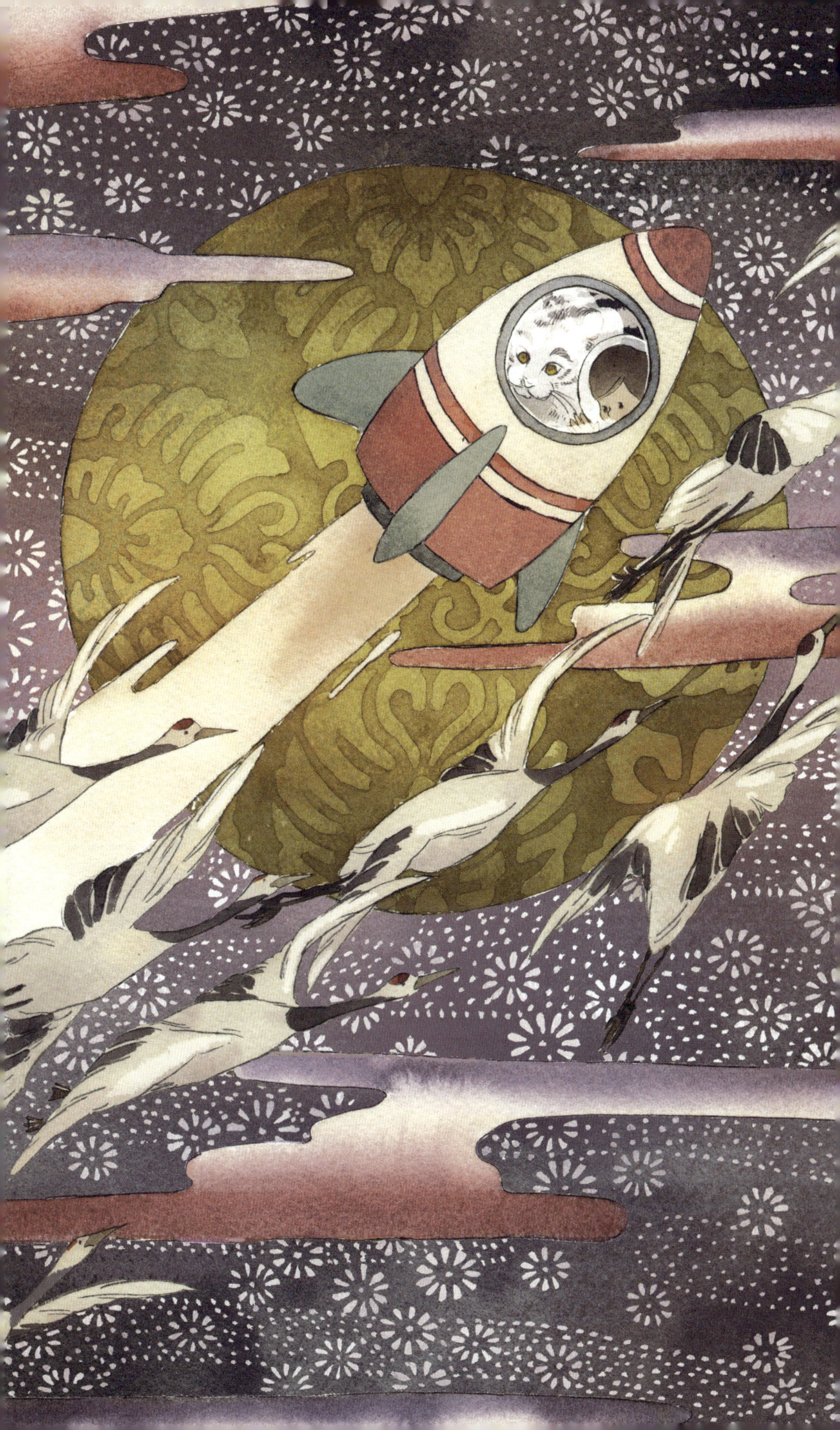

"没有这个必要,"老虎皱着眉头说,"我们再也不需要什么黑魔法了。这一次,你只要踩在我的黑色条纹上,转着圈跑就可以了。"

"可是我会摔下来的!"

"摔不下来的,你试试吧。"

小姑娘看准老虎暗沉的黑色条纹,小心翼翼地把一只脚踩了上去,然后又踩上第二只脚。

奇迹发生了,她脚下的条纹似乎正在越变越宽。

小姑娘胆怯地迈出第一步,接着又迈出第二步……她渐渐变得从容起来,就像走在蜿蜒的山路上……然后她跑了起来。她脚下踩着的已经不再是老虎皮,而是真正的马路。

她隐隐听到有谁在自己的身后喊:"小姑娘,保重!心中要记住最重要的事。再遇到让你害怕的事,不要逃跑,直接面对它!"

也许是老虎在与她告别,也许是别人在说话……

一回过头,看着闪烁着倒计时的绿灯,小姑娘愣住了。

她好像做了一场很长很长的梦。

梦里有在空中缓缓游动的彩虹鱼、金子做的机械心脏、与棉花糖巨龙的惊险战斗、低吟浅唱的红色石头、藏满秘密的绿色丛林、永不熄灭的灯塔、被黑暗吞噬的纯白之月、猫咪、暗黑王子、怪物、大老虎先生……

十个月亮,十次穿越世界的冒险。似乎一切都没有发生,似乎一切都改变了。

"心中要记住最重要的事。再遇到让你害怕的事,不要逃跑,直接面对它!"与大老虎先生告别时的那句箴言似乎还在她耳畔飘荡。

最重要的那些事她已经想起来了,那还有什么是比直面纯粹的恶更可怕的事?

过马路?那可差远啦。

她握紧双拳,突然萌生出前所未有的勇气,一路小跑,过了马路。

她递给卖蔬菜的阿姨两枚硬币和一张纸币,得到了一袋子

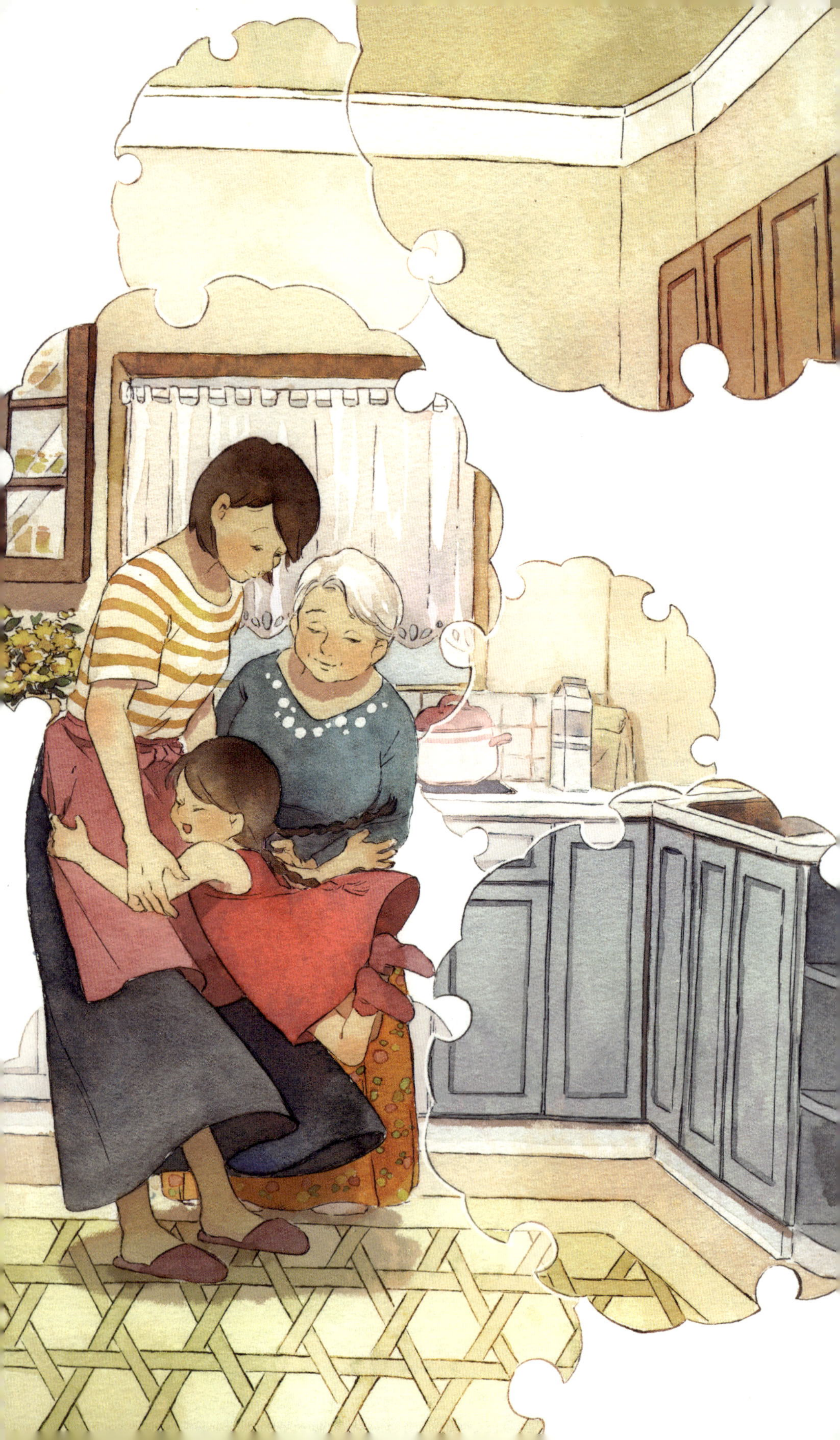

洋葱。

她就像一阵小旋风，爬上楼，按响了自家的门铃。

"妈妈，亲爱的妈妈！我买洋葱回来了！我好想你啊！"

妈妈打开了门。小姑娘飞扑过去，紧紧地抱住了妈妈，差点儿把她撞倒。

"我的女儿啊！你到底去了哪里？我差点儿不知道该如何是好了！"小姑娘和妈妈相拥而泣，这是幸福的喜泪。漫长的分离过后，她们终于团聚了。

可不是嘛！小姑娘穿过了十个月亮的世界，这说明她离家过后，月亮又圆了十次，那就是过去十个月啦！

不过我也说不准，也许小姑娘只离开了十分钟，但在妈妈的心中，漫长得像是过了十个月。妈妈们永远挂心着孩子的安危，就算我们遇到的是再小不过的事，她们也总会担惊受怕。

当然了，她们的担心也不总是毫无道理的，毕竟谁能保证自己的孩子不会遇上一只坏心眼的魔法黑猫呢？

小姑娘继续和妈妈、外婆一起，幸福地生活着。她再也不害怕过马路了。马路再也不会变成湍急的河流了，黑白相间的斑马线会让她想起大老虎先生，她的心头总会涌出一股温暖的力量。

不仅如此，她面对任何困难都不再逃跑，成了最勇敢的小姑娘。拥有敢于直面一切的勇气，便什么也不怕了。

最重要的是，她再也不会跟不认识的猫咪和陌生人说话了，就算他们声称自己是神奇的魔法师，她也绝对不会跟他们走。

这样做就对了！不然谁知道会发生什么事呢？